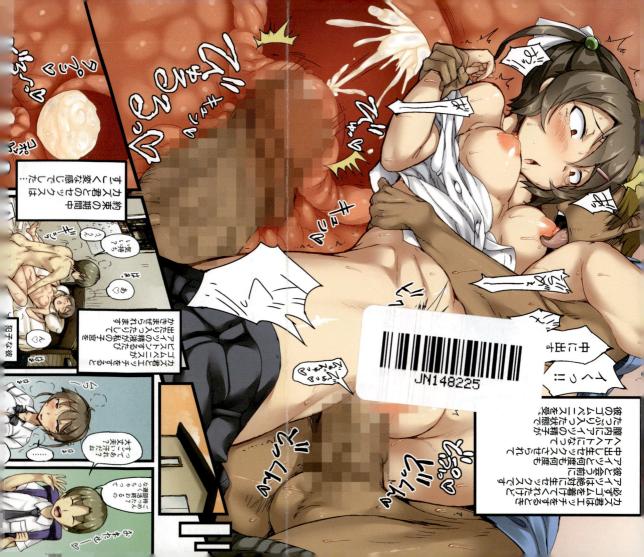

佐藤宏明 (さとうひろあき)
葵の元カレ。付き合っていた当時、葵に様々なエロテクを仕込んだ。

佐藤和樹 (さとうかずき)
エッチなことにも初々しい、優しい恋人。兄を慕っている。

弓倉葵 (ゆみくらあおい)
恋人の和樹とラブラブな交際を始めたが、その実兄が元カレの宏明であったことで、秘密の関係を強要される。一ヶ月だけの約束で、セフレになることを了承するが……。

序	めちゃくちゃにされた私	3
第一部	恋人のアニキが昔調教してきた元カレだった	11
第二部	私を調教した元カレは恋人のアニキ	121
終幕	恋人のアニキはワタシを調教した元カレ	242

序 めちゃくちゃにされた私

「んはぁぁぁぁぁぁっ！！！ あっ、やっ、はっ、あっ、はっ、あっ、ああんっ！」
ブーンと唸りを上げたバイブレーターが、仰向けに寝転んだ葵の膣を出たり入ったりしている。
「へへへ、どうだ。気持ちいいか？ 大人のおもちゃで犯されて、気持ちいいか？」
「ううううっ」
バイブを手に持った金髪の男が、葵の中を乱暴にかき回す。
グチュグチュと湿った音を立てながら、葵の内側からは白濁した液体が溢れてきていた。
「おーっと。さっき中に出したのが出てきちまった。もったいねぇもったいねぇ」
「んくぅぅぅぅっ！」
ぐいっと蓋をするかのように、男が無造作にバイブを葵の奥深くまで挿入する。バイブの動きに合わせて、葵の下腹部がウネウネと波打つ。まるで、そこに別の生き物が潜んでいるかのように。

「さーてと。それじゃあ今度はこれだな♪」
男が別のアイテムを手にとった。
「おっと。その前にっと」
「え、ちょっと。なにを……あっ!」
葵はアイマスクを装着され、そのままうつ伏せに寝かされる。見えない男を探すかのように、その手がゆらゆらと宙を舞った。
「そんでもってこいつをっと」
「きゃっ!」
カチャリと冷たい音を立てながら、葵の手に手錠がはめられる。
「下手に動かれても困るからな」
「そんなの、口で言ってもらえれば……こんなのつけなくたって」
「いいからいいから。こういうのは雰囲気重視。なんとなく興奮するだろ?」
「うううぅ」
葵は不満げなうめきを漏らしながらも、最終的には男の言いなりになる。言われるがままうつ伏せになり、言われるがままおとなしくする。
そして、言われるがまま浣腸をされてしまった。
「ひっ! あ、あ、あ、あ、あ」

「そういえばこっちは、あんまり仕込んでこなかったな。ちぇっ、なんか損した気分。ま、いいか。おかげで最終日だってのに新鮮な気分が味わえるんだからな」

「くっ、うぅぅぅぅ」

お腹が痛くなってくる。異物の侵入に、葵の身体は敏感に反応していた。

「おーっと。漏らすんじゃないぞ、そのまま我慢だ。そのままで、コイツの代わりに俺のを入れるんだよ」

「はあ、はあ、はあ……え?」

さきほどまで挿入されていたバイブが引き抜かれる。

ポッカリと空いた葵の膣穴に、そのかわりのモノが挿入された。

男の、ガチガチに勃起した反り返ったペニスが。

「んはあああああっっ!!　あ、あ、あ、あ、あ」

脳天まで突き抜けるほどの快感が葵の身体に襲いかかってくる。

挿入自体は、それまで何度もされていた。

しかし、今回のセックスはなんだか違った。同じペニスなのに、違うペニスを入れられているような感じがした。いつも以上に気持ちがよくて、いつも以上に葵は感じてしまっていた。

「おおおおおっ。すげえ締まる。もともとお前のココは抜群に気持ちいいけど、今日はま

た一段と気持ちいいな。すげぇ……コイツをぶちかましたおかげか?」
　男が手に持った浣腸の空き容器をゴミ箱へと放り投げる。その微妙な動きですら、葵の身体は快感として感じ取ってしまった。
「ううぅっ……んっ、くっ、うっ、ううううう」
(なにこれ……なにこれ……入れられてるだけなのに……あああ。入れられてるだけなのに……ああああっ)
　葵の中が、男のペニスをギュウギュウと締め付けていた。
「ふふん。そんなに気持ちいいのか? でもこれからだぞ。これからが本番だ」
　男はそう言って葵の腰に手をやった。そして身構えると、猛然と腰を振りはじめた。
「んひいいいいいいっっっ!!　あっ、あっ、あっ、あっ、あっ、あっ、あっ」
　ぐちゅぐちゅぴちゃぴちゃと葵の中がかき混ぜられている。精液と愛液と、男が面白半分に注ぎ込んだローションと、いろいろなものが入り混じって白濁した液体が、男と葵の身体の間に糸を引いていた。
「うっ、はっ、あっ、あっ、あっ、あああああああああっ……だめ……だめぇ……お尻がぁ……はっ……そんなにされたらぁ……お尻から出ちゃう……お尻からも出ちゃうからぁ」

「ふふん。さすがにそれはちょっと勘弁だ。俺は気持ちよくなりたいだけであって、汚くなりたいわけじゃないからな」

そう言うと男は腰を使いながらも器用に手を伸ばし、無造作に放ったままになっていたアダルトグッズに手を伸ばす。

「ほら、これで栓でもしとけよ」

「あぐううっっっ！！」

ズブッと、葵のアヌスにバイブが突き立てられた。すでにローションまみれだったそれは、思った以上に容易にアヌスに挿入された。

「うっ、ぐっ、んっ、んぐうぅ……おっ、おおおおおっ……おっ、おほおおおおおっ」

それまで以上の快楽が葵に襲いかかってくる。

アヌスの快感とヴァギナの快感。ダブルの快感で、脳の回路が焼ききれたようになってしまう。

「な、なんなのぉ……なんなのこれぇ……ああああ……こんなのもあったなんてぇ……」

「くくく。お前の気持ちいいところは俺ぜんぶ知ってるからな……と思ったけど、尻の穴もこんなに感じるなんてことは知らなかったか」

そう言いながら男は興味深いものでも見るかのように、葵のアヌスをじっと見つめた。

「こっちにも入れてみるか？ いや、そっちの趣味はそんなにないか」

自問しながらも男は律儀に腰を使い続ける。

「あ、あ、あ、あ、あ……だめ……だめぇ……変になっちゃう……こんなの……こんなのって……あ、あ、あ、あ、あ……頭がよすぎて頭が……ああああっ」

男の感慨とは無関係に、葵はどんどん追い詰められていった。頭が変になっちゃう。頭が……気持ちよすぎて……こんなの……こんなのって……

「んっ、はっ、あっ、あっ、あっ、あっ、ああああっ」

大きな声を上げ、快楽で頭の中が空っぽになる。ある意味、葵にとって男はどうでもいい存在だった。そして、男のほうも……

「くー、いいマンコだ。ぐっちょんぐっちょんに濡れてるのに、キューッときっちり締まってきやがる。気持ちいいぜ……おおおっ。気持ちよくて……くううっ！」

犯す者と犯される者というそれなりに密接な関係にあるはずなのに、どこか二人の意識は、そっぽを向き合っていた。お互いがお互いを見ていない。なんとなく、そんな感じだった。

「あ、あ、あ、あ、あ……イっちゃう……また、私……イっちゃ……」

「くうううっ！ イ、イくぞ！ 出すぞ！ 中で……んおおおおっ！」

「イくううううううううっっっ！！！」
「ううっ！！」
 お互い妙に別々の方向を向いたまま、二人はほぼ同時に絶頂した。息があっているようで、そうではない感じで。
 恋人同士ではないことは確かだったが、葵が無理やり犯されているというのとは、少し違っていた。
 この二人はいったいどういう関係なのか。時間は、ひと月ほど遡る。

第一部 恋人のアニキが昔調教してきた元カレだった

一幕　アイツ再会

いつもどおりのいつもの放課後。弓倉葵(ゆみくら あおい)は、いつものようにクラスメイトの佐藤和樹(さとう かずき)と一緒に下校していた。

二人はいわゆる恋人同士。学年が上がってクラスが一緒になってからいろいろあって、付き合うことになった新人カップル。といっても、もうすでに三ヶ月。そろそろ次の展開があってもいいころだと、葵ははじめての彼女どちらかというと慎重の上に慎重を期してことを進めたかった。もっとも、その手の奥手に属する彼としては、原因としてはあったのだが。

そんな彼が、今日は若干緊張したような表情をしていた。葵も、和樹のそんな雰囲気を感じ取っている。

「ねえ葵ちゃん」

「なに？」

意を決したかのように口を開く和樹。葵は内心『キタキタ』などと思いながら、そのことを顔に出さないように注意しつつ、いつもどおりの軽い調子で答えた。

「今日家にこない?」

「うん! いく!」

それまでの意気込みが強すぎたのか、葵は和樹の誘いの言葉に若干食い気味で答えてしまった。『シマッタ』と葵は自らのミスを一瞬顔に出してしまったが、いつもとは違った重大な決意を胸に、彼女を無事部屋に誘うことができた和樹には、当然のごとく葵のその小さな変化には気づくことはできなかった。

(ま、そういうとこも好きなんだけどね)

そう一人ごちながら、葵は上機嫌でまるでステップを踏むかのような和樹と並んで歩いていく。

葵にとって、和樹ははじめての彼氏ではない。これまで何人かの男性と付き合い、関係をもってきた。ヤリマンと呼ばれるほどではないと葵自身は思っているが、人によってはそう思われてしまっても仕方ない程度の人数と男女の関係にはなっていた。

でもそれこそが自分の価値なのだと、葵は自覚していた。それだけの数の男たちと付き合える自分。そんな自分が好きになる和樹は、それだけの価値のある男の子なのだと、独特の評価を和樹に与えていた。

(いろいろあったことは事実だけど、私にとっては和樹が一番。っていうか、確かに何人も彼氏がいたことは事実だけど、二股とかは絶対にしないからね、私)

それが葵なりのルールというものなのだろう。

確かに彼女は、同時に複数の男性と付き合うなどということはしたことはなかった。新しい彼氏を作るのは、前の彼氏との関係を終わりにしてから、きちんと別れてから、次の彼氏との関係をスタートさせる。気持ち的に重複する期間がないことはなかったが、それでも肉体的な交際期間が重なるということはこれまで一度もなかった。

というのも、彼女は実に惚れっぽい性格をしていた。好きになるとその相手のことしか見えなくなってしまう。その相手に全身全霊で尽くし、その相手の望むことをすべて叶えようとしてしまう。だから一度に好きになれるのは一人だけ。

今彼女が好きなのは、隣を歩いている和樹ただ一人。だから今も、和樹の望む彼女の姿を全力で自分に投影している。いい意味でも悪い意味でも、それが葵にとっての『好き』という感情の表し方だった。

「どうぞどうぞ」

「おじゃましまーす」

しばらくして和樹の家につくと、葵は遠慮なく佐藤家の敷居をまたいだ。普通彼氏の家に上がるときは、多少の警戒心や緊張を抱くはずであったが、葵にはそれがなかった。というのも道中、和樹から今日のこの時間は自宅に両親が不在であることをすでに聞いてい

たからである。二人は和樹の部屋へと直行した。

ベッドを背もたれにして、床に直接並んで座り、内容のありそうでないことをあれやこれやと話していた。

「でさー、あれがあれで」

「うんうんそだねー」

それは、いつもの光景と変わらない。いつもファミレスやファーストフード店、ときには図書館や公園などで行ってきた、和樹と葵による放課後の団らんの風景とほとんど変わらない。しかしそこには、いつもとは違った微妙な緊張感があった。正確に言えば和樹の部屋に葵が来るのはこれがはじめてではない。だが、そのときは本当になにもなかった。ただ並んで座って話をし、お茶を飲んで音楽を聞いて動画を見て、そしてお別れをした。

でも、今日はそれとは違う。和樹も次の一歩を踏み出すつもりだったし、葵もそれを受け入れるつもりだった。

「んー」

「んっ」

そして、その瞬間がやってきた。ときおり唇を湿らせるような仕草をしていた和樹は、意を決したかのように目を閉じ唇を尖らせ、葵に向かって顔を寄せていった。

葵も目を閉じ、和樹の唇を待ち構える。

和樹は、これまでの葵の歴代の彼氏の中で一番といっていいほど、葵に優しく接してくれていた。葵も、そんな和樹がこの上なく愛おしく思えていた。彼があまりにも奥手なことに不満がなかったとは言い切れなかったが、その奥手すぎるところも和樹らしくて好ましいと葵の恋愛脳はいい意味で解釈していたし、その手の行為がまったくないというのもどこか新鮮でいいと、葵はその駆け引きのようなものを楽しんでいたりもした。

　しかし、身体のほうは違っていた。そろそろそういう関係になって欲しいと、葵の心のほうに催促していた。もし、このままなんの進展もないまま一週間も過ぎていたら、葵の心が身体の欲求に負けて、彼女のほうからギリギリのタイミングで和樹にアプローチしてしまっていたかもしれない。まさに、今日はそういう意味でもギリギリのタイミングだった。

　そして、ついに二人の唇が触れようとしたその瞬間……。

「カズー！　いるかー？」

「えっ」

「うわっ、兄さん!?」

　バタンと勢いよく扉が開けられ、Tシャツにハーフパンツ、金髪で日焼けしたいかにもチャラそうな男が和樹の部屋に無遠慮に踏み入ってきた。

「このあいだ借りたマンガめっちゃハマったぞ。んで続きの巻を……って」

　男が葵の存在に気づく。ニヤリといやらしそうな笑みを浮かべるとヒューと軽く口笛を

吹き和樹をからかった。
「おっ、女連れ込んでたのか。やるなー♪ やっぱ俺の弟。血は争えないなー(笑)」
　男の名は宏明。雰囲気はまったく似ていなかったが、よく見ると顔の造作はそれなりに似通っている。血の繋がった兄弟ということが、そこには明確に現れていた。
「えっ、うそ！」
　葵は思わず小さく声を出してしまった。キスの現場に踏み込まれたという気恥ずかしさから顔を伏せていたが、さすがにそのままではマズイだろうと盗み見るように小さく視線だけで踏み入ってきた男の顔を確認したのだ。その葵の顔が、驚きの表情で固まっていた。
　漏れ出た声は、誰にも聞かれてはいないようだった。
「兄さん！　今日は出かけてるんじゃっ？」
「ああ。デートのはずだったんだがフラれちまってな」
「また女の子にヒドイこと言ったんでしょ？」
「いや言ってねーし！」
　急いで顔を再度伏せる葵。その頭の中は、混乱でグチャグチャになっていた。表情にも、その混乱が現れてしまっていた。
(えっ、なんで？　待って待って。なんでコイツがいんの？　え？　兄さんって？　え？)
「ん？」

そんな混乱する葵に、宏明が視線をやる。弟と違って女の扱いに長けた彼は、葵の様子がおかしいことを瞬時に見抜いていた。とはいえ、その原因が自分にあるということまでは、さすがにこの時点では気づけはしなかったが。

「あっ、紹介するよ！ こちらボクの彼女の葵さんだよ！」

葵に向けた宏明の視線を自分への催促だと思ったのか、和樹は兄に葵を紹介した。葵はもう逃げられないと覚悟を決め、一か八か宏明に自己紹介をする。

「あ……え……は、はじめまして。葵です……」

「……！」

顔を上げた葵を見て、今度は宏明が驚きで固まる番だった。どんなときでもニヤけ顔で、面白半分であらゆることをこなしてしまう彼だったが、さすがにこのときは衝撃で動けなくなってしまった。とはいえ、その硬直もほんの一瞬のことではあったが。

「で、こっちがボクのアニキ。今、一時的に実家に住んでるんだ」

「よろしく」

ニヤリといやらしい笑みを、葵に投げかける宏明。葵はキツイ視線で、その笑みに対抗しようとする。しかし、宏明にはこれっぽっちも通用しない。

「これから二人でお楽しみの時間だろうから、邪魔者は退散するわ。ごゆっくり〜」

「兄さん‼」

からかうような口調だけではなく、足取りまでおどけたようにしながら宏明は部屋を出ていく。

再び、二人きりになる葵と和樹。しばらくの沈黙が二人を包み込む。それはまるで、宏明来襲の余韻が静かに去るのを待っているようだった。

数分後、ようやく葵が口を開く。

「……」

「カズ君、お兄さんいたんだ……前に来たときは、住んでなかったよね？」

「アニキ、大学に行ってて まったく帰ってこなかったから」

ふーん、とテーブルの上に広げたままになっていたスナック菓子に手を伸ばす葵。ポリポリと口の中では軽やかな音が鳴るが、気持ちのほうはそういうわけにはいかなかった。

「就活が終わってひと段落ついたからって、急に帰ってきたんだよ。『しばらくは金貯める』

って、一人暮らしッしてた部屋も引き払ったらしいんだ」
　葵と同様に和樹もテーブルの上の菓子に手を伸ばす。ペットボトルのお茶で喉を潤しながら、さらに言葉を続けた。
「ちょっと口は悪いけど、ボクにとってはいいアニキなんだ……」
　宏明についての話題はそこまでだった。葵と和樹は気を取り直したかのように、宏明が来る以前にしていたような愚にもつかない雑談を繰り広げる。和樹にとっては残念ながら、あのときのようないい雰囲気が再び訪れることはなかった。

　　　　＊　　＊　　＊

「ちょっとトイレ借りるね」
　小一時間ほど経ち、窓の外がうっすら暗くなりはじめたころ、葵は和樹にそう声をかけて立ち上がった。
「場所わかる？」
「うん。前に教えてもらったから大丈夫。部屋を出て左、だよね」
「正解」
「じゃ、行ってくるね」
　小さく手を振り部屋を出ていく葵。和樹もまた、軽く手を挙げて葵を見送った。

二幕　最悪な笑顔

「はぁ～っ。まだ混乱してる……どうなってるのよ、これ……」
　用を済ませた葵が、トイレから出てくる。ハンカチで手を拭きながら、廊下を戻ろうとする。
「お、落ち着かないと……」
　小さくつぶやきながら歩く葵の背後に、物音も立てずに近づいてくる人影があった。もちろん葵は気づかない。気づいたのは、その人影が自分に向かって手を伸ばしてきたその瞬間だった。
「ん？」
　ドンッ。
「わ!?」
　気づいて振り向いた葵に、いわゆる壁ドンの体勢で迫る人影の正体。それは和樹の兄、宏明だった。
「はじめまして……か。いや、久しぶりだなっ。2年ぶりか？　まさかこんな形で再会す

「ア、アンタ……ほんとにカズ君の兄キなの……?」

ニヤニヤ笑いながら、葵を見下ろす宏明。突然の宏明の出現に驚いた葵だったが、すぐにきつい表情を浮かべると、宏明を見上げながらどうしても気になっていたことを尋ねた。

カズ君の兄キ……つまり和樹の兄。先程から何度も和樹と宏明はお互いの関係をそう表現しあっていた。和樹の兄の宏明。宏明の弟の和樹。どうして葵は、そんなことを確認しようとしているのだろうか。それは、葵にとって二人の関係性が非常に重要な意味を持つからであった。

「正真正銘血の繋がった兄弟だぜ?」

宏明のニヤニヤ笑いがさらに加速する。

「しかしまさかお前がカズの彼女になってるとはなー。ってことはつまり、俺と似た遺伝子を本能的に求めたってことだよな♪」

楽しげな宏明を、キッと強い視線で葵が睨む。その視線

には、冗談じゃないという思いが込められているようだった。
「おいおい、そんな顔するなよ〜」
それでも宏明はまだ楽しげである。
「元彼との、感動の再会だぜ？」
元彼……元の彼氏。それが、葵が宏明と和樹の関係に、異常なほどにこだわったことの理由だった。
「もう終わった関係でしょ！ ほっといて！」
葵は宏明から逃れようとする。しかしわずかに身体をずらすだけで、宏明は葵の退路を塞いだ。
「ああ、メールで一方的に別れを告げてそれっきり……つれないよなぁ」
せめてもの抵抗と、葵は宏明から顔をそむける。宏明は壁に手をついたまま、グイッと首だけを傾けて奇妙なポーズで葵の顔を覗き込んだ。
「なによ！ 私のことおもちゃみたいに扱っておいて！ アンタのせいでしょ！」

怒りの感情を露わにする葵。しかし葵のそんな激情もカエルの面に小便。宏明はニヤニヤとしたまま葵の表情を観察し、ついでその視線をゆっくりと身体のほうへと移した。

「いやしかし……」

首筋から胸元。大きくたわわに実ったふたつの乳房から優美な曲線を描いて、少し大きめのヒップがその存在を強く主張している。キュッとくびれたウエスト。そこからプルンと揺れる。その様子を眺めながら、宏明は嬉しそうにクククと含み笑いを漏らした。

「な、なによ……」

ムチムチとした葵の身体。まるで宏明の視線に反応するかのように、大きく実った乳房がプルンと揺れる。その様子を眺めながら、宏明は嬉しそうにクククと含み笑いを漏らした。

「あのころと違ってずいぶん成長したな……」

ビクッと葵が身体を震わせる。ソワソワと落ち着かなげに身体をよじらせながら、どうにかして宏明の視線から逃れようと無駄な努力を続けた。

「すっかり女(メス)の身体じゃん」

言いながら、宏明が手を伸ばす。自分の記憶の中にある未成熟な葵の身体。その身体との感触の違いを確かめようと、大きく育った胸に触れようとする。しかし——

「ちょっとやめてよ！」

パシンと葵が宏明の手を払い除けた。

「!?」
「今はカズ君の彼女なの!」
それまでの態度がうそのように、葵はごく簡単に宏明の腕の中から逃れていた。
(少し急ぎすぎたか)
宏明の性急な追い込みが、葵の反発を呼び起こしてしまったのかもしれない。それとももしかすると、壁の向こうにいるであろう和樹の存在が葵の勇気を奮い起こしたのかもし

れない。ともかく葵は宏明の手を振り払い、ズカズカと廊下の先へと進んで行くと、宏明に向かって捨て台詞のように言葉を投げつけながら和樹の部屋の扉に手をかけた。
「いい？　私たちが付き合ってたなんて　絶対に言わないでよ！」
シャクしたら困るでしょ？　はい、これでこの話はおしまい！」

性急に扉が開かれる。すぐさま葵はその向こうへ身体を滑り込ませると、バタンと扉をやや乱暴に閉じた。それはまるで宏明の存在を心の中からシャットアウトしたかのような拒絶の態度だった。

「チッ……」

一人廊下に残された宏明が舌打ちをする。

しかし当然のことながら、彼は諦めてはいなかった。偶然のように自分の手元へと戻ってきた葵。しかも、以前よりもはるかにそそる身体に成長して。

このままにしておくつもりはない。

なにしろあの身体は、彼自身の手によって女になったようなものなのだから。

三幕　卑怯で卑劣。でも……

　部屋に戻った葵は、それまで以上に和樹との会話にのめり込んだ。それはまるで、直前の出来事を和樹との会話で上書きしようとしているかのようだった。
　何も知らないまま葵のテンションに引っ張られ、同じようにアガっていく和樹。天気のいい朝のスズメたちのように、和樹と葵はキャピキャピと騒がしく盛り上がる。お互いの手に触れることすらなかったけれども、それは確実にイチャつきと呼べるものだった。
　しかし、その時間は長くは続かない。
　ガチャンと、乱暴に扉が開かれた。
「おーい　やっぱり俺もまぜてくれよー」
　当然ながらその闖入者は和樹の兄、宏明である。
「ちょっとでいいからさー」
「兄さん!?」
　部屋の主の返答も待たずに、ズカズカと踏み入ってくる宏明。一切の空気を読むこともせず、葵の隣にどっしりと腰を下ろした。葵はジト目で宏明を睨むが、それ以上の抵抗は

できなかった。藪をつついて蛇を出してしまっては、元も子もない。黙って嵐が過ぎ去るのを待つのが得策。それが、葵の正直な気持ちだった。
「それに二人きりだと不純なことしそうだしなー」
「ちょっ！　そ、そんなことしないよ……」
「ははは。母さんには内緒にしといてやるよ。でも学生のうちはなるべく健全にな？」
葵にとっては厄介な元カレ。しかし和樹にとっては仲のいい兄。彼女との時間を邪魔されたという思いはあっても、無理矢理にでも追い返そうというほどのマイナス感情は和樹の内にはなかった。というかむしろ、兄も交えて三人で盛り上がっていいとすら思っていた。そのくらい和樹にとって宏明は、近くて親しい気の許せる大切な存在なのだった。
「……」
黙り込んでいる葵をよそに、和樹と宏明はぺちゃくちゃワヤワヤと四方山話(よもやま)で盛り上がっている。家族のことだったり和樹の学校のことだったり、宏明の就職のことだったり。葵が内心警戒している自分のことは和樹の口からも宏明の口からもほとんど出てくることはなかった。
「あっ、そうだ。忘れてた」
唐突に宏明が話題を変えた。
「カズ、マンガの続きを貸してくれよ」

なんだっけと和樹は一瞬きょとんとした表情で固まったが、すぐに思い出すと立ち上がり本棚のほうへと歩み去っていく。

「うんっ、ちょっと待って」

「……」

　未だに宏明のことを警戒している葵。なにかおかしなことでもされたらすぐに対応してやろうと、半ば臨戦態勢で身構えている。そんな葵の視線を宏明はまるで気にせず、ごく自然な素振りでスマホを取り出すと、ポチポチとなにやら操作をはじめた。

「次は何巻だっけ？」

「ん？　ああ、六巻かな？」

　マンガの捜索に集中している和樹は、宏明の行動に気づいていない。そのことをよくわかっている宏明は、さらに大胆な行動に出る。

「!?」

　スッと葵の背後に回される宏明の腕。驚きの表情を浮かべる葵の耳元に口を寄せ、ヒソヒソとなにかを囁きかける。

　キッと強い視線で宏明を睨みつけながら、葵は悔しげに強く唇を噛んだ。

「……っ」

　宏明の囁きに導かれるように、葵の視線がスマホの画面へと移動する。

「ッ！！！」
　その刹那、葵の表情がさらなる驚きに固まった。ついで羞恥の表情を浮かべ、耳まで真っ赤になる。葵のそんな変化を宏明はニヤニヤと嬉しそうに眺めていた。
「あったよー。はいっ、六巻」
「おっ、サンキュー」
　ごく自然に立ち上がり、和樹からマンガを受け取る宏明。まるで何事もなかったのように、すでにスマホも後ろポケットにしまわれている。
　葵も自分の表情を見られないように、即座に和樹から顔を背けた。
「……さてと。二人の邪魔するのも悪いし、そろそろ戻るわ」
　葵のそんな態度を嬉しそうにニヤニヤ眺めながら、マンガを手に部屋を出ていこうとする宏明。和樹は本棚の前からその姿を見送っている。葵は顔を伏せたまま、恨めしそうな上目遣いで宏明のことを睨みつけていた。
「あ、そうそう。カズ、暗くなる前に彼女さんを帰すんだぞ？　残念ながら、今日は母さんたちの帰りが早いみたいだから」
「えっ、そうなの？　わかった」
　和樹は葵のそんな視線には気づかない。決して葵をないがしろにしているわけではなかったが、兄の前では自然とそうなってしまう。部屋に残る葵と部屋を出ていく宏明。単純

30

な比較として、出ていく宏明のほうに自然と意識が集中してしまっていた。
「おっと」
そんな宏明が、若干わざとらしい感じで後ろポケットから取り出そうとしたスマホを床に落とす。
「っ！」
葵はまさかといった表情でそのスマホを見つめるが、和樹にはその表情の意味がわからなかった。ただ普通に落ちたスマホに驚いたか、もしくは落ちたスマホに傷がついていないか心配する彼女の優しさとかかしら、とのほほんと考えている。彼はそこに、ついさっきどんな画像が表示されていたのかを知らないのだから。それはまあ仕方のないことだろう。
「……」
しゃがみこんでスマホを拾う宏明が、わずかに身体をずらして葵の耳元に口を寄せた。テーブルの向こうに座り、飲み物を用意している和樹は、そんな二人の様子には気づかない。宏明が、小声で葵に耳打ちをする。
「このあと帰ったふりして俺の部屋に来いっ……いいな？」
葵の返答も待たずに、宏明はスマホをポケットにしまいそのまま部屋を出ていく。裏の勝手口を開けておくから……。そんな二人のやりとりにも気づかぬまま、和樹は用意した飲み物を葵の前に差し出した。

視線は目の前の飲み物にあったが、意識は出ていった宏明に完全に引っ張られてしまっていた。

和樹は自分のぶんの飲み物を用意すると、再び葵の隣に座って笑顔で話しかけてきた。どこか上の空な感じで葵は和樹の話を聞きながら、手に持ったコップの中身を喉に流し込む。

「はい、葵ちゃん」
「あ、うん」

「でさ……それでね……」
「うん……うん……」

相変わらず嬉しくて楽しそうな和樹の笑顔。葵と一緒にいられることが、本当に心底楽しくて仕方ないのだろう。

そんな和樹の笑顔が、葵の胸をチクリと刺す。

その痛みを打ち消すかのように葵はさらに飲み物を喉の奥へと流し込むが、それがジュースなのかお茶なのか、そんなこともわからないくらい、頭の中がグチャグチャになってしまっていた。

すべては宏明のせい。そして、そんな宏明と付き合っていた、過去の自分のせい……。

四幕　昔の私に縛られて

「そ、そろそろ帰るね……」

「うん」

太陽が傾き、窓の外が朱に染まりはじめたころ、葵は和樹の部屋をあとにした。

「またねー」

「バイバイ……」

玄関まで律儀に送ってくれる和樹。笑顔で手を振る和樹に葵も手を振り返すが、その表情はどこか浮かないものだった。しかしニブチンな和樹はそんな葵に気づかない。

「……」

和樹の家を出て少し歩く。

背後を確認して、和樹が家の中に戻っていることを見定める。

「はぁ……」

ため息をひとつ吐きながら、葵は踵を返した。

再び和樹の家へ。しかし今度は玄関から入るのではなく、裏の勝手口からこっそりと。

そしてヒタヒタと足音を忍ばせながら階段を上がり、たどり着くのは……。

「おっ　来たな!」

ガチャッと扉の開く音に反応し、だらしなくベッドに仰向けになっていた宏明が身体を起こす。

不機嫌そうな表情で、宏明の部屋に入ってきた葵。後ろ手にカチャリと扉を閉めると、じっとりとした視線で宏明を睨めつけた。

「……」

そして開口一番、宏明に向かって怒りをぶつける。

「ちょっと!　さっきのアレどういうことなの!?」

「ん?　ああ……」

さっきとは、和樹の部屋での出来事のこと。アレとは……。

「これのこと?」

「!?」

「よく撮れてるだろ?」

和樹に隠れて、宏明がこっそりと葵に見せてきたスマホの画面。そこに映っていたものが、再び画面に映し出されている。

それは、数年前の宏明の姿。そして、その宏明の上にまたがっている葵の姿。

しかもただの葵の姿ではない。宏明の手によって制服が捲り上げられ、ノーブラの胸がさらされている。

スカートもほとんどその役割を果たしていない。半分以上がめくれ上がり、下着もつけていない葵の股間がさらされている。そしてその傍らには、ガチガチに勃起した宏明のペニスが。

これの事?

!?

よく撮れてるだろ?

「昔ハメ撮りしたことあったじゃん？ お前に会って思い出してさー。さっきファイルを漁ってみたら出てきたんだわ♪　高画質Ｊ○マンコ？」

宏明が画面を指でなぞる。すると、次々と卑猥な画像がそこに表示された。もちろん、その被写体は葵と宏明である。

「消してよ、そんなのっ！」

葵がスマホを奪おうと手を伸ばす。当然ながら、宏明は触れさせもしない。

「おっと」

「あっ」

葵の手の届かない位置で、女性器を両手で広げる葵の姿がスマホの画面に大写しになっていた。

「え～、もったいないじゃん」

「ふざけないで！　消して！　お願いだから……」

葵は必死でお願いする。たとえそれが以前の自分が半ば喜んでやっていたことだとしても、そんなふうにして残されていることは我慢ができなかった。しかもそれが、今の彼氏……和樹の兄の手にある。そんな恐ろしい状態を、一刻も早く解消してしまいたかった。

「ん一、そうだな」

まるで葵の懇願に負けたかのように、宏明が思案の表情を浮かべる。

もちろんそれはただの演技だ。ここまではすべて宏明の計画どおり。葵の反応も懇願も、すべて宏明の計画どおりに進んでいた。そしてこのあとも、絶対に思惑どおりに事が進むだろうと宏明は確信していた。

「じゃあ、今日フラれたセフレの代わりになってくれよ。ひと月でいいから」

今思いついたかのような素振りで、宏明が葵にとんでもないことを提案する。

「はあ!?」

当然のことながら驚き呆れ、葵はその提案を却下しようとする。

「そんなの嫌――」

しかしそれもすべて宏明にとっては予測済み。葵がそんな態度をとったときの対策もすでに用意していた。

「そっか……ならこの動画をオカズにオナニーするからいいよ」

そう言ってスッと身を翻す。

「ちょっ」

遠ざかっていく自分の過去の痴態に、追いすがる葵。このままでは、スマホの中身がそのままになってしまう。というか、もしかするともっとすごいもの……自分が忘れているようなことまで、宏明が掘り出してきてしまうかもしれない。焦りの表情を浮かべる葵に、宏明が追い打ちをかける。

「でも俺、デカい音量でAV見る主義だから、カズに聞こえちゃうかも……」
 宏明がスマホの画面をまるで愛撫でもするかのように操作をすると、動画が再生される。
 もちろんそれは、葵と宏明のハメ撮り動画だった。
「ちょっとまってよ!」
 手の内で完全に踊らされていることにも気づかぬまま、葵は宏明に追いすがる。
「ひと月なんてすぐだって。べつにヨリを戻せってわけじゃねーし、ちょっと性処理を手伝うだけで俺との縁を切れるんだぜ。楽なもんだろ?」
 宏明の言葉が、悪魔の囁きのように葵の中に染み込んでいく。
 そんなことはできない。でも、スマホのデータは消して欲しい。
 エッチくらいどうってことない。そもそも宏明とはそんなことすでに経験済み。一ヶ月我慢すれば、元どおりに戻れる。
 カズ君とのこれからのためにもデータは消しておきたい。変にもめたりしてカズ君を巻き込んだりしたくない。
 いろいろな気持ちが、葵の中でぐるぐると渦を巻く。その間にも宏明はニヤニヤしながら葵とのハメ撮り画像と動画をチラチラと葵に見せてくる。
「……やっぱりアンタって、ほんとサイテー」
 葵の中でひとつの結論が形作られた。

それは本当に不本意な決断。

不本意で不本意で不本意で仕方ないけれども、カズ君との関係を守るためには仕方のない決断。

そうして葵は、宏明とのセフレ契約に首を縦に振ってしまった。

「よく言われる♪」

計画どおりと宏明は嬉しそうに笑い、唇を噛む葵にサイコーの笑顔で応えた。

五幕　私を裏切るワタシの身体

葵は促されるまま壁際に立つと、まるで数年前に戻ったかのような気持ちをわずかに感じながら、宏明の手を不本意ながらも迎え入れた。
「ホントに動画消してくれるんでしょうね？」
葵が今できる精一杯の抵抗を見せる。
キッと強い視線で、自分の股間を覗き込む宏明をにらみつける。
しかし宏明は、そんな葵の態度を物ともしない。というかむしろ、そんな葵の反応ですら宏明は楽しんでいる節がある。
「ああ　もちろん♪」
嬉しそうに答えながら、宏明が葵のスカートをめくる。可愛らしいピンクのストライプのパンツ。おそらく、和樹に見られてもいいように準備してきたのだろう。それが今、和樹本人ではなく、和樹の兄である宏明の眼前にさらされている。
「ホントに？　一ヶ月だからね？　約束だからね？」
なんとかして約束を取り付けようとする葵。宏明の約束にどれほど価値があるのか、そ

れがわからない葵ではなかったが、それでもいいから宏明に安心させてもらいたかった。宏明に身体を開く葵の理由、その裏付けを与えて欲しかった。

「はいはい大丈夫だって」

わかっているのかいないのか、いつもとまったく変わらない適当な調子で答える宏明。それでもその言葉には効果があったのか、ほんの少しではあったが葵の心の警戒が緩み、ほんの少しだけ葵の身体の緊張が解けた。

「しっかし……」

宏明が身体を起こす。

葵の上半身……主に胸と視線を合わせるかのように、ジッと葵の身体を凝視してくる。

「立派に育ったな……」

自らを守ろうとするかのように、葵が自分の身体を抱きしめた。しかしそれは、逆の効果を生み出す。

以前よりたわわに育った葵の胸が、自分の両腕に押し上げられ、プリンとその存在をさらに強調してしまう。

「カズにはもったいねーな」

ククッと含み笑いを浮かべながら、宏明が小さな声で本音を漏らした。

自分の彼氏を揶揄したかのような宏明の言葉に、葵がわずかにムッと口を尖らせる。

そんな葵をさらにからかうように、宏明は捲り上げたスカートの中に頭を潜ませた。

「可愛い下着だなー。エロい身体に似合うわね〜(笑)」

わずかに汗ばみ、ムッチリとした葵の太もも。ピッタリと皮膚に張り付いたソレは、葵の股間の盛り上がりを恥ずかしいほど忠実に再現していた。何度も味わったことのあるその肉丘を、宏明は視線だけでゆったりと嬲っていく。肉付きは変わったが、そこから漂う雰囲気は変わっていなかった。舐めてハメて突きまくりたくなる極上のマンコが、そこには変わらず存在していた。

トライプの布地。

「ケツもエッロく育ちやがって♥」

と、そのまま葵の尻肉をぐいっと左右に開いた。

腰を抱きかかえるように腕を回し、お尻に手を這わせる宏明。下着の感触を楽しんだあと、そのまま葵の尻肉をぐいっと左右に開いた。

「きゃっ」

引っ張られるように、下着の中で葵の尻肉が左右に開いていく。そしてもちろんそれは股間のほうも同じで、女性器を左右にくぱぁと開かれ、じっとりと汗で張り付いていた葵のワレメは小さな粘着音をさせながら右と左に分離していった。

「やめて！」

動けないまま、葵は言葉で抵抗の意を示す。

「お前に拒否権なんてないんだよ!」
即座に却下される葵の意志。そのまま宏明は顔面をピンクの下着に押し付け、くんかくんかと葵の香りを存分に楽しんだ。
「くっ……この……ヘンタイ」
「知ってるだろ、そんなの」
「ううっ」
確かにそれは葵の知っている宏明だった。
宏明は、葵の匂いをよく嗅いでいた。いい匂いもそうでない匂いも、あらゆる葵の匂いを、宏明は楽しんでいるようだった。そしてそんな宏明の嗅ぎ癖が、あのころの葵は嫌いでなかった。
(バカ……変なこと思い出さないで)
あのころのように宏明の存在を近くに感じているせいか、頭が勝手に宏明のことを思い出してしまう。そしてそれは、身体の反応にも表れてしまっていた。
(う、そ……)
アソコがじんわりと熱を帯びはじめているのが、葵にもわかった。宏明に、自分のそんな反応を感づかれたくない。気づかれたくない。そんな気持ちで、葵は頭の中がいっぱいになっていた。だからだろうか、いつの間にか宏明

途端に機嫌が悪くなる宏明。当然のように葵を脅してくる。

「あ？」

「わ、わかったってば……」

「動画……」

　従う葵に、宏明はニッと口元をほころばせた。

「あっ」

　そして葵の唇を奪う。ぴちゃちゅぴと卑猥な音を立てながら、唇のみならず舌までも蹂躙していく。

　宏明の静かなひと言に、葵は容易に屈服する。不機嫌そうな顔を浮かべながらも自分に従う葵に、宏明はニッと口元をほころばせた。

　葵の頬を押さえ、舌を突き出させる。その舌をねぶるように、宏明の舌が這い回る。

「んっ、あっ……」

　うめくような葵の声が、強引に開かれたままの口から漏れる。そのかすかな吐息の感触ですら、宏明は甘美に感じていた。

「弟とは何回キスしたんだ？」

　の顔が、自分の目の前にまで迫っていることに気づけなかったのは。

「いやっ」

　キスされる。そう思った瞬間、葵は瞬間的に顔を背けていた。

葵の舌と唇を貪りながら、器用に宏明が尋ねてくる。

「……わかんない」

宏明の舌と自分の舌を噛まないようにしているためだろう、少し呂律の回らない感じで葵が答えてきた。

その返答に満足したのか不満だったのかはわからないが、宏明はさらに葵の口を塞いでいく。

「んっ、むぐっ」

はぷっとまるで人工呼吸でもするかのように、完全に葵の口を自分の口で覆ってしまう宏明。舌の全部を葵の中へと送り込み、前歯から奥歯まで、舌の表面だけでなく付け根まで、ありとあらゆる葵の部分を自らの舌でぢゅるぢゅると舐め回した。

「んっ、んふっ……んっ、んんんんん」

苦しげだが、どこか艶のある声が葵の鼻から漏れる。その葵の吐息を宏明が吸い込んでいく。密着したまま口の中をなめしゃぶり、そして両手では葵の胸を愛撫し、久方ぶりの葵の身体を、宏明は十分に堪能していた。

「んっ、んっー」

声にならない声を漏らしながら、葵が身体をくねらせる。立ち続けることもつらいのか、背後に回り込んだ宏明に身体を任せるようにもたれかかっている。

器用に服を着せたまま、スルリとブラを引き抜く宏明。たぷんと溢れた葵の両乳房が、下から包み込まれるように宏明の両手の中に収まっていく。

「んううぅっ、うっ、んんんっ」

ビクンビクッと身体を震わせる葵。若干乳輪の中に埋もれていた乳首が、ピクンとその存在を主張しはじめる。

ぢゅるるるっと宏明が葵の舌を吸った。たっぷりとした唾液が、葵と宏明の間で交換される。

「あー、あっ、あっー」

呆けたような喘ぎを漏らしながら流し込まれる宏明の唾液を葵は嚥下していく。

ジワッと葵のピンクの下着にシミが広がった。それに気づいているのかいないのか、宏明は葵の股間を自分の膝でスリ

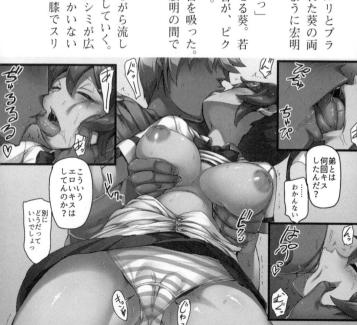

スリと刺激していた。

キュンキュンとアソコが収縮している。その反応が意味するところを葵は理解していた。

理解はしていたが、受け入れたくはなかった。

(ダメ……こんなの……ダメ……この感覚久しぶりすぎて……)

濃厚なキスに翻弄されている葵に、宏明が囁きかける。

「こういうエロいキスはしてんのか？」

「べつにどうだっていいでしょっ」

葵の中にわずかに残った理性が、宏明の言葉を拒絶させる。しかし口ではそう言っていても、身体のほうはそうではなかった。

「んっ、くっ……」

キュンキュンとアソコが反応してしまう。ピンクストライプの葵のパンツは、しぼれば液体が滴るほど、もはやグチョグチョに濡れてしまっていた。

ぐいっと葵が宏明の身体を押しのけ、キスを中断させる。これ以上続けられては、アソコがどうなってしまうかわからない。葵はプハッと短く、しかし深く呼吸を整え、どうにか身体の調子を元に戻そうと試みた。

「もう、いいでしょ……苦しい……」

言い訳のように葵が言う。当然のように、宏明はその言を無残に切り捨てる。

「まだたりねーよ!」

髪の毛を掴んで乱暴に葵の顔を引き寄せ、再びその唇を奪う。

「んっー」

苦しげな葵の声。しかしそれも、宏明の興奮をさらに煽り立てる材料にしかならなかった。

「んんー!」

ぢゅっと卑猥な音を立てながら宏明が葵の口を吸う。溢れた唾液が二人の間を、ツーっと糸を引きながら床に垂れ下がっていく。

宏明の唾液は熱い。葵は、久しぶりの感覚に徐々に脳を焼かれていった。

キスを終えた宏明は、とろけた表情の葵を膝の上に抱えながら、ベッドに腰かける。

スカートを脱がされた葵の下半身はピンクストライプのパンツが丸見えで、ソックスはそのままというマニアックな状態。上半身はシャツのボタンを胸の部分だけ外してあり、すでにブラが引き抜かれているためにおっぱいが丸出し。そんな卑猥な格好にされても、葵は抵抗ひとつせず宏明にされるがままになっていた。

「あっ、いやっ」

まだ半分ほど埋もれていた葵の乳首を、宏明が指先で掘り起こしていく。

「あ、あ、あ、あ、あ」

クリクリと乳首が刺激され、葵はごく自然に声を漏らしてしまう。はその声を耳元で楽しみながら、さらに乳首を攻めていった。

「んんんんっ、うっ、んっ、んはぁぁぁ」

ぷっくりと葵の乳輪が充血して膨らんでくる。いわゆるパフィーニップルの類だった。宏明が以前抱いていたときはこれほど顕著ではなかったが、大人の身体になった葵の乳輪は実にエロいものへと進化していた。

「いいねえ、顔はまだまだ幼い感じなのにこっちはこんなにエロい。まさにギャップ萌えってやつだ」

「ううぅぅ……言わないで……そこ、気にしてるだから」

「バカ言うんじゃねえよ。ちゃーんと口で言ってやらないと、お前が興奮できないだろ?」

「ぁぁぁぁぁぁ」

恥ずかしがらせるまでが宏明のプレイ。そしてその言葉攻めは、しっかりと葵の性癖にジャストフィットしていた。そもそも、そういうふうに宏明が育てたのだった。

「ん、じゅるっ」

はぷっと宏明が葵の乳輪を口に含む。舌先で円を描くように乳首を掘り出し、軽く前歯

でクニクニと何度も甘噛みする。

「ひっ……あ、あ、あ、あ、あ」

噛まれた部分が敏感になる。宏明が乳輪から口を離すと、空気の流れを少し感じただけでビクビクッと葵の身体が震えてしまう。そこに、さらなる追撃が加えられた。

「んはあっ！　あ、あ、あ、あ、あ……んっ」

ぐりゅっ、ぐにんと舌全体を使って宏明が葵の乳首を攻める。舌先で包み込むようにしたあと、軽くチュッチュと吸引する。

「うっ、あっ……はっ、はっ、はっ、はっ、んっ、んんん」

そのたびに葵は声を漏らした。まるで身体の制御が効かなくなっているかのように、その口端からはヨダレが垂れている。そんな表情は、和樹の前では浮かべたことはなかった。

「久しぶりに乳首舐められたみたいな反応だな。カズとはあんましてないのか？」

そんなことを囁きながら、耳たぶをレロレロと舐める宏明。葵はビクンビクッと震えながら、宏明のシャツをギュウッと握りしめる。

耳を攻めながらも、宏明は胸のことを忘れたりなどはしない。

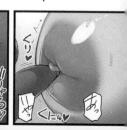

両手で両乳房を同時に攻め、指先で乳首をピンピンとはじく。そうしながらも、耳元でさらに和樹とのことを葵に向かって囁き続けた。

「あいつ奥手だからなー。部活もあるし、淡白なセックスばかりだろ？　かわいそうに」

「……」

葵はただ黙って耐えている。それが快感に耐えているのか、宏明の言葉に耐えているのかはわからない。しかしひとつだけ明らかなものがあった。アソコがまるで失禁でもしたかのようにビッショリと濡れてしまっていた。それ以前からそこは蜜をたっぷりと溢れさせていたが、もはや隠しようがないほどに誰の目にも明らかな変化が現れてしまっていた。

宏明はそのことに気づいていた。しかし、それを指摘したりはしない。

ただニヤニヤとその事実を喜びながら、さらに葵の身体を刺激していく。

「お前の彼女はとっくに開発済みだから、ねちっこく責めないと満足できないって教えなきゃな？」

たっぷりと唾液をたたえた宏明の舌が、葵の首筋を上から下へ、下から上へと何度も舐め回す。ピンと立った乳首は指先でこね回され、両の乳房はギュウギュウと強めに両手で揉み続けられていた。

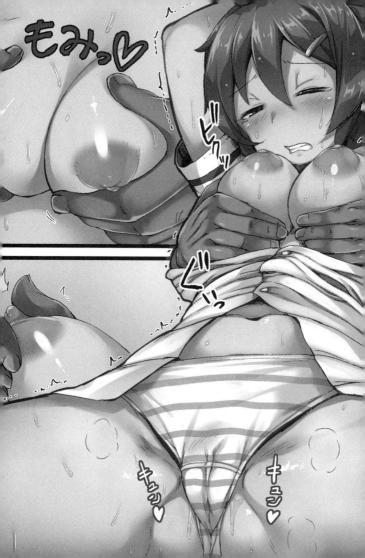

「やめてっ」
葵の言葉が虚しく響く。
それは宏明に愛撫をやめてと言ったのか、それとも和樹に葵の身体のことを教えるのをやめてと言ったのか、あまりハッキリとはしなかった。
しかし問題はない。
なにしろ宏明にとってそれは、べつにどっちでもいいようなことだったから。
ただ葵を精神的、肉体的に追い詰めて楽しむ。
そのためだけに発せられた言葉であり、繰り返される愛撫であったのだから。
「んんんんんっ」
「どうだ、気持ちいいだろ？」
先程から繰り返されている耳と乳首への同時責め。それが葵の弱点であるということを宏明は当然知っていた。
「こうやって耳と乳首を同時に責めるとマンコびしょびしょになるんだよな♥」
「あ、あ、あ、あ、あぁぁぁあ」
宏明の手がついに葵の股間に伸びる。
「い、や……ダメ……」
形ばかりの葵の抵抗。

弱々しい力で閉じられようとする葵の両足を、宏明の両足が後ろからガッチリとロックする。そうして抱え込むような姿勢のまま、宏明の手が葵のぐっしょりと濡れたパンツをクチュクチュと刺激する。

「ううううう」

「ほーら大洪水。っていうか、ずっと前から感じてたよな？ もしかして、俺が気づいてないとでも思ってたのか？」

グッと唇を噛む葵。それは宏明の言葉で屈辱を感じたからなのか、それとも股間から湧き上がる快感に耐えようとしたのか、葵自身でもよくわからなかった。

「どうだ。こうするとジンジンして気持ちいいだろ？ 俺が処女からみっちり仕込んで開発した感度抜群のドスケベマンコだもんな♥」

「そ……そんなことないもん……」

上の口ではそう言っても、下の口はそうは言ってはいなかった。宏明の指戯に応えるようにヒクッヒクッと震え、離した指先にニチャアと粘つく液体が絡みついて糸を引いていた。それは明らかに、快楽の印でしかなかった。

「んー？ 下着越しで糸引くくらい濡らしといて、何言ってんの？」

「んー？下着越しで糸引くくらい濡らしといて、何言ってんの？」

ニチャ〜♡

ひく、

ひく、

葵には返す言葉がなかった。宏明に言われるまでもなく、自分の身体が感じてしまっていることはわかっていた。久しぶりすぎて、頭では忘れていた感覚。でも、身体のほうはこれっぽっちも忘れてなどいなかった。

宏明が与えてくれる、我を忘れるほどの気持ちよさを。

「めちゃくちゃ感じてんじゃん？　声出してもいいんだぜ？」

宏明の言葉で、葵の脳裏に少し前までいた和樹の部屋の様子が思い出された。きれいに掃除されたピカピカのフローリング。落ち着いたシックな色合いの壁紙。ピンと張ったシーツのベッド。部屋の雰囲気の中で、そこだけ少し浮いていたマンガのいっぱい並んだ本棚。あまり使っていなさそうな整頓された机。青色の上質そうなラグ。

「出せるわけないでしょっ。聞こえちゃう……」

いま和樹が部屋のどこにいるのかはわからない。でも、もしかすると壁の近くにでも座ってマンガを読んでいるかもしれない。あそこに寝転んでいたりすれば、壁越しとはいえ和樹との距離は一メートルもないことになってしまう。

「そうだな……ま、俺はべつにバレてもいいけど♪」

「……最低っ」

葵の胸に宏明が顔を埋め、ちゅぷちゅぷと音を立てながら乳首を吸う。

「んっ、あっ、んっ」

くぐもった喘ぎが葵の口から漏れる。

(壁の、向こう……カズ君の、部屋……)

いま葵は、部屋の壁際に設置されたベッドに寝かされている。

裏口からこっそりと入ってきた宏明の部屋は、さっきまでいた和樹の部屋の隣にある。正確な位置関係までは把握していなかったけれども、葵の記憶が確かならばこの壁の向こうに和樹のベッドがあったはず。そう考えると、和樹がそこに寝転んでマンガを読んでいるというのが、葵にとっては確定した事実のように思えてしまった。

「でも耐えられんのか？　いつもイクとき、声出しまくってたじゃん♥」

仰向けに寝転んだ葵の片脚を抱え込むようにしながら、宏明が中指を膣奥へと挿入してくる。たっぷりと蜜をたたえた葵のマンコは、その指をごく簡単に最奥へと迎え入れてしまった。
「ぐーっ」
ゾクゾクッとした快感が葵の全身を駆け巡る。ビクッビクッと身体を震わせながら、なんとか声を抑え込む葵。
「イ、イかないもん……」
「イかない?」
はあはあと自らも興奮で息を荒らげながら、宏明が問いかけてくる。
「オナニーも知らなかったお前の処女マンコを、連続アクメキメられるトロトロのメスマンコに躾けてやったのは俺だぞ?」
ぐちゅっぐちゅっと宏明が指を動かすたび、葵のマンコが卑猥な水音を立てる。
「お前の弱点なんて、ぜんぶ把握してるに決まってるだろ(笑)」
まるで魅入られたかのように、自分のその部分を注視してしまう葵。宏明の動かす指に、意識が集中してしまう。それはまるで、昔宏明に言われたこと——手マンしてるときは自分のそこがどうなってるか、じっくり見るんだぞ——を、忠実に守っているかのようだった。

「はっ、ひっ……あ、いや……ら、らめ……」

快感に耐えかね、思わず自分の顔を手で覆ってしまう葵。葵のその様子を見ながら、宏明は自分の有利さがこれっぽっちも揺らいでいないことを確信する。葵の身体は以前のように自分の思うがままだと。

「じゃあ昔お前が大好きだったバキューム手マンをしてあげよう♥」

嬉しそうに宏明が言う。葵はその言葉だけで、ゾワゾワとした期待と不安の入り混じった感覚に全身が襲われてしまった。

ずぬぬぬぬっと、宏明が中指だけでなく、薬指も同時に膣へと押し込む。ヒクヒクと震えながら、葵のマンコは本人の意志とは無関係に、それを嬉しそうに飲み込んでいく。

「んっ、あっ……おおおっ」

葵がのけぞる。あえぎ声が一段低くなり、彼女のイメージからは程遠いやや野太い喘ぎが漏れてしまう。

「あーっ」

宏明はゆっくりと口を大きく開き、舌をベロンと伸ばしながら顔をマンコに近づけていく。

「だ、め……ああ、いや……」

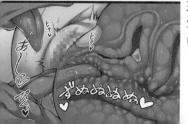

顔を隠したまま、葵が身体を震わせる。それは拒絶の震えであると同時に、期待の震えでもあった。

「んくうっ!」

宏明の舌が女性器に到達した。舌全体でその部分を覆うようにしながら、ベロリとそこを舐め上げる。そして同時に、内部で中指と薬指を上部へと折り曲げた。

「お、おおっ」

葵がのけぞったままガクンガクンと身体を痙攣させる。それにも構わず、宏明は行為を続ける。

「Gスポをトントンしながらクリをバキュームしてやると……」

中指と薬指が、内側を連続的に刺激する。舌先でクリを露出させるように舐め上げ、ピョコリと顔を出したクリトリスを、宏明は口を尖らせて思い切り吸い込んだ。

「じゅるるるるるっ」

ぐちゅぐちゅぐちゅっと二本の指が葵の内側を凌辱する。同時に勃起したクリトリスが、宏明によって強烈に吸引される。特に弱い二箇所への同時攻撃に、葵は為す術もなく絶頂へと押し上げられてしまった。

「んぐぅぅぅぅっっっっっっっっっっっっっっっっ!」

「ほらイった♥」

シーツを両手で必死になってつかみ、歯を食いしばって声が漏れ出ないように耐える葵。それでもガタガタとベッドは揺れ、その振動は確実に和樹の部屋へと伝わっていた。

「オラッ、イケ！！！」

「～～っ」

「アヘ声出せっ！！！」

ぐぢゅぐぢゅるるると宏明の攻撃が続く。

葵はジタバタと暴れながらも、どうにか声を出さずに我慢し続けた。

そしてそのころ、隣の部屋では……。

葵の予想どおり、和樹はマンガを読んでいた。ただしベッドには横たわらず、壁から離れた位置で直接床に腰を下ろしていた。

ガタガタと兄の部屋から物音がするのに気づいてはいたが、いつものこととそれほど気にしてはいなかった。

「……」

仰向けの姿勢から、四つん這いの状態に。
宏明がゴロリと葵の体勢を変える。

「今度はこっちでイカせてやるぞ」

そう言いながら宏明が葵のアヌスに口を近づけていく。

「ううぅぅ」

枕に顔を埋め、イヤイヤをする葵。しかし当然のことながら、宏明は行為をやめることなどしない。

ぐぢゅぐぢゅぐぢゅっと卑猥な音を立てながら、宏明が葵のアヌスを吸った。葵はビクビクと身体を震わせながらくぐもった声を漏らす。

「んんん～～」

「それでこっちも同時に……バキューム手マンのアナル版だな」

「ぃぎぃっ」

宏明の二本の指が葵のマンコをほじくる。内側から溢れてきた液体が宏明の手首を滴り落ちシーツにシミをつくる。

ガクンガクンと葵が発作でも起こしたかのように身体を震わせる。必死の形相でシーツを噛みしめ声が出ないように堪えている。

できるだけ快感を散らそうと、宏明の手から逃げ気味になる葵の腰。そんな葵の腰を宏

明は両手で抱え込み、ピッタリとアヌスに口をつけると、じゅるるるっと音を立てながら尻穴を吸った。

「っ！っ！っ！」

声にならない振動が、葵の声帯から漏れ出る。あまりにも息を詰めすぎて、窒息しそうになっている葵。その目は、もはや白目をむく寸前になっていた。

「ふぅ～。声はなんとか抑えたなー。イキまくりだったけど♪」

葵のアヌスから口を離した宏明。自分のヨダレと葵の分泌液まみれになった口元を手の甲で拭いながら、プルプルと震えている葵の姿を見下ろしている。

「ぜーっぜーっぜーっ」
息も絶え絶えといった様子の葵は、恨めしそうな目で背後に立つ宏明を見上げていた。宏明は含み笑いを漏らす。
「お前、昔よりイキやすくなってないか？　久しぶりの愛撫でオマンコが悦んで、ヒクヒクピクピクと葵のマンコはまだ震えていた。潮もびゅーぴゅー吹きまくりだし♥　ジュビュッと透明な液体が噴き出している。
じっとりと細かい汗を浮き上がらせた葵の背中。そしてその内側が収縮するたびに、ビュッビュッと透明な液体が噴き出している。
捲り上げられた制服が汗を吸い込み、淫靡な雰囲気を漂わせていた。
「さーて、そろそろ元カレチンポと感動の再会といきますか♥」
ぐったりとしながら自分を見上げていた葵を、再び仰向けにする宏明。幾度もの絶頂で脱力していた葵は、逆らえずされるがままになる。
両脚の膝の裏に手を入れ、そのままぐいっと持ち上げる宏明。腰のあたりで折り曲げられたような体勢にならない。垂直を超えて両脚を持ち上げられ、その角度は直角では止まった葵は、いわゆるまんぐり返しによく似た体勢で宏明のペニスを迎え入れることになった。
「えっウソ、おっきすぎ……」

ギンギンに固くなった宏明の勃起ペニス。自分の秘部に近づいてくるそれを見た葵は、思わず驚きの声を上げた。

それは葵の記憶にあったソレよりも、遥かに大きく巨大に見えた。

「おいおい。昔あんなにいっぱいオマンコ可愛がってくれたチンポを忘れちゃったのかぁ？」

ニヤけ顔で葵を見下ろしながら、宏明が腰を進めてくる。

カチカチに勃起した黒光りするペニスが葵のマンコに触れ、ちゅぴっと小さな水音を立てる。反射的に力が入り、キュッと葵のアヌスが小さく収縮した。

「無理ぃ……」

葵には、それが自分の中に入ることがどうしても想像できない。あまりにも大きく、無理やり入れられたらマンコが壊れてしまうのではないか。

「おいおい、まだ入れてもないのに締めるなよ。それじゃあ入れにくいだろ?」

亀頭の先で宏明がマンコをこじ開けようと閉じたそこは、少しずつ宏明の侵入を許してしまう。

「やっぱキツイな。カズのお子様チンコに慣れちゃったか?」

恐怖の表情で自分の性器と宏明のペニスが触れる部分を見つめている葵。はじめてのときの痛みが脳裏に蘇ってきた。そしてそれと同時に、何度もあのペニスで犯されたときの快感も。

「おっ」

じゅわっと葵の内側から追加の蜜が溢れ出てきた。それはまるで宏明のペニスを歓迎しているかのように亀頭の周囲に絡みついて、早く中に入ってきて欲しいと誘っているようだった。

そんな恐怖が、葵の頭を占領していた。

「だめぇ……」

それでもまだ、葵の上の口は拒絶の言葉を吐き出していた。身体と心の声が分離している。

もしかするとそれは、激しすぎる快感に対する恐怖なのかもしれなかった。またあの気持ちよさを味わったら自分がどうなってしまうかわからない。そんなことを

葵は無意識のうちに感じていて、それがゆえの拒絶の言葉なのかもしれなかった。
「ホントに忘れちまったのか？ それとも忘れたふりで俺を焦らしてるのか？」
宏明はぐぐぐぐっとペニスを押し付けてくる。
混乱気味の葵の感情とは無関係に、身体のほうは少しずつ宏明を受け入れてしまっている。
閉じ気味のマンコのひだが左右に開き、宏明の亀頭の先を迎え入れつつあった。
「これから一ヶ月毎日オマンコズボズボすることになるんだからな、まあすぐに思い出すさ♥」
そしてついに挿入する。
ズブッと勢いよく宏明の勃起ペニスは葵の中に侵入し、そのまま一番奥まで到達して、その先にある周囲よりやや硬い箇所にズンと先端を打ち付けた。
「挿入って即子宮キス♥」
「おほっ♪」
半ば白目をむきながら、葵はガクガクと身体を震わせる。
脳天まで突き抜ける激しい感覚、
快楽と呼ぶには激しすぎるソレは、葵の意識を一瞬でどこかへと飛ばしてしまった。
「……」

葵と宏明がつながるベッドから壁一枚隔てた向こう側。和樹の部屋では、葵の彼氏である和樹がベッドに寝転がって本を読んでいた。
(っていうか兄さん、またギシギシなんかやってるな。あー、もう。せっかく読書してるのに。これじゃあ集中できないよ)
まさかそれが、自分の彼女と兄とのセックスの音だとはこれっぽっちも気づきもしない。それどころか、いつものことだとしか受け入れようとしていた。
(まあしょうがないよね。僕一人で生活してるわけじゃないし。きっと兄さんだって、僕の生活音が気になることだってあるはずさ)
和樹はヘッドホンを装着し、兄の部屋から漏れ聞こえてくる音を遮断する。
そして読書を再開した。自分の彼女がまだ隣の部屋にいるとは思いもせずに。

「はぁ、はぁ、はぁ……んっ……んんんっ」
朦朧とした表情で、葵は久しぶりの感覚に翻弄されていた。
(うそ……セックスって……セックスってこんなに気持ちよかった

つけ)

宏明は誤解していたが、葵と和樹はまだ身体を重ねてはいない。キスまではいっていたが、それ以上は和樹の慎重な性格ゆえにたどり着いてはいなかった。

チャンスがあったのは今日だったのだが、それは宏明が潰してしまっていた。

とはいえ、葵はずっとしていなかったわけではない。

宏明と別れてから和樹と出会うまで、その間に付き合った何人かの彼氏たちと、それなりに身体を重ねてはいた。しかし……。

(もっと……こんなんじゃなくて、もっとなんともない感じの……入れられたからってそんなにどうってことないのがセックスだった気が……動いて動いてたくさん動いてもらって、それでようやくイキそうになるのがセックスなんだって、思ってたのに……)

葵が付き合ってきた何人かの男たち。それらの男たちも、決してセックスが下手というわけではなかった。ただ、宏明と比べてしまうと数段劣る。もしかすると世間一般の男性よりは多少うまくはなかったかもしれない。

とはいえ、葵はきちんと快楽を得てはいた。それらの男たちへの好意というスパイスも加味した上で。身体の行為に心の状態がミックスされて、それで最終的にはきちんとオーガズムに達していたのだ。

しかし、宏明との行為はそれらと全く違っていた。

「久しぶりの元カレチンポを熱烈な子宮キッスでお出迎えってか♥ 太く固く適度に反り返った宏明のペニス。葵の子宮の入り口まで届くそれが、みっちりと膣の中を埋めていた。

自然と葵の膣は反応し、キュンキュンとそれを締め付けている。締め付けられた宏明のペニスはさらに固くなり、ぢゅ～と葵の子宮口に熱烈なキスをし続けていた。

（すごい……私の中がいっぱいになって……こんな……こんなのって……）

知らないわけではなかった。なにしろ葵がはじめて知ったペニスは宏明のペニスだったのだから。だが、それ以降のセックスが宏明のペニスの感触を忘れさせていた。

記憶の上書きが「セックスはまったりしたものだ」という誤った認識を生み出し、久しぶりの宏明のペニスの感触が、その誤解を見事に打ち崩していた。葵の意識は、完全にあのころのものに戻っていた。

「甘いキスのあとは濃厚なチンコミュニケーションで、じっくりたっぷりハメハメしましょうねー♥」

「ひっ！」

宏明が動き出す。葵の中身が強引に引きずり出され、再び彼のペニスとともに中に戻ってくる。

「おほっ♪ しっかし、これ……昔よりキツキツだぞ。ヒダがねっとり絡みついて……

子宮も亀頭に吸いついて離さねぇっ」

激しい快楽を得ていたのは葵だけではなかった。カズ用にマンコが狭くなってやがるのか」

の久しぶりのセックスに感動していた。

何人もの女とセックスを経験してきた彼にとっても、今の葵ほどのマンコはそれほど味わったことがなかった。覚えている中でも五本の指に入るくらいか、一、二を争うほどの名器かもしれなかった。

「きっつ♥」

嬉しげにつぶやきながら、ゆっくりとしたピストン運動をする。

「はひゅ～……ひゅ～」

まるで壊れた笛のような音が葵の口から漏れていた。あえぎ声を出す余裕すらない。半ば白目をむいた葵には、その程度のことしかできなくなっていた。

「やばっ、きっつ♥ 弟の彼女マンコマジ最っ高♥」

宏明のスローピストンを、ヒクヒクと震えながら受け止めている葵のマンコ。そこから湧き出してくる快感は、彼女の身体をガクガクと震えさせていた。小さなオーガズムの波が、断続的に葵へと襲いかかっている。

「くっそ。もっと深く入れてえ」

宏明は欲望のままに、葵の身体を裏返す。快感に朦朧とした葵はされるがままに、ベッ

ドにうつ伏せになる。葵の内側の感触も変化する。ねじれたように絡みつく葵のマンコに、宏明は今度は猛烈なピストンをしかけた。

「っ〜〜〜〜〜！」

堪えきれず、声が漏れでてしまう。葵はまくらに顔を埋め、その声をなんとか抑えようとする。

「おらっ！　そらっ！　どうだっ！」

バチンバチンと宏明の腰が葵のやや大きめなヒップにぶつけられる。肉と肉のぶつかり合う音。そしてグジュグジュという湿った卑猥な音。それは隣の部屋まで届いてしまうほどだったが、和樹がそれに気づくことはなかった。

「ふんふふんふふ〜ん♪」

ベッドに腰かけ、相変わらず本に視線を落としている和樹。その耳にはヘッドホンが装着されている。やや大きめのボリュームで流されているアニメソングの音が、かすかに漏れ出していた。

機嫌よく、その曲に合わせて鼻歌を歌っている和樹。その耳に、隣の部屋からの物音は届いていなかった。

自分の彼女が、実の兄に中出しされそうになっている音は。

「イクぞっ‼ まずは中出し一発目‼」

ずんっと葵の最奥までペニスを突き刺し、子宮めがけて宏明が本日一発目の射精をする。

「〜〜〜〜〜っ‼!」

顔を枕に埋めたまま、声にならない声を上げる葵。ビクビクと震える身体は、強烈なオーガズムを感じていることを表していた。葵は宏明の射精を受けて、本日何度目かの絶頂を味わっていた。

「はあ、はあ、はあ」

激しいピストンの余韻で、荒く息を吐いている宏明。葵は絶頂の衝撃でボーっとしながらも、これでようやく終わるのかと少しだけホッとしていた。しかし……。

「こんな具合のいいドスケベマンコ、一回でおさまるわけねーだろ‼」

まるで葵の考えを読んでいたかのように、宏明が再びピストンを開始した。

「っ！っっっ‼ っ‼」

いまだ絶頂の余波にさらされたままの葵は、一瞬何が起きたのかわからなかった。だが前後に揺れている自分の身体と尻に打ち付けられている宏明の肉の感触に、再び自分が犯されているのだと、ようやく理解することができた。

「おらっ、今度はこっち向きだっ」

内側のねじるような感覚が気に入ったのか、宏明が挿入したまま葵の身体をひっくり返した。当然のごとく、葵の膣はみっちりと抱え込んだ宏明のペニスに、回転するような快感を与えた。

「これよこれ。この変な感触、ちょっとクセになるよな」

葵のマンコがキツイからこそ可能なプレイなのだろう。経験豊富な宏明でも、ここまできついマンコにはそれほど出会ったことはなかった。彼の記憶では、以前の葵のマンコでも、ここまで締め付けはよくなかったはず。

カズ用に狭くなったのかと先ほど宏明は言っていたが実際のところはそうではなく、それほど大きくはないペニスを何本か経験したことで、それらに対応するために膣を締め付ける筋肉が、そこそこ発達したというのが本当のところだった。

とはいえ、そんなことは宏明にとってはどうでもいい。重要なのは、このマンコが気持ちいいということ。そしてその

マンコを自分が自由にできているということ。

宏明は、本日二度目の射精をそのマンコに食らわせようとしていた。

「二発目ぇ！」

「いやぁ〜」

びゅーっびゅーっと二発目とは思えないほどの勢いで、宏明の精液が葵の中に注ぎ込まれていく。

わずかに漏れ出た葵の声。そしてそれも当然、隣の部屋の和樹には聞こえていなかった。

「タマが空になるまでぜんぶ中出しだからな‼」

ドクドクと精液を注ぎ込みながらも、さらに腰を動かし葵の中をかき混ぜていく宏明。たっぷりと射精された葵のマンコは、ぐぷぐぷと精液を溢れ出させていた。

「らめぇ〜」

ろれつが回らない葵の、どこか呆けたような拒絶の声。それを無視して、宏明はピストンを続ける。

「こんなエロマン、毎日使わないとかうちの弟はどうかしてるぜ‼ 彼氏失格だよな⁉」

「おっ、おおっ。んほっ」

失格の烙印を押された彼氏であるところの和樹は、相変わらず隣の部屋でマンガを読んでいる。その冊数は二冊目から、三冊目へと進もうとしていた。

奇しくもそれは、宏明の射精した数と同じだった。

「オラ三発目！　イケ！　元カレの浮気チンポでザーメン注がれて、子宮アクメきめろ！」

「っっっっっ！！！」

ビクビクと震えながら、葵が絶頂に達する。その声はすでに声の形をなしていない。宏明の与える激しすぎる快感が、声にする余裕を葵から奪っていた。

「いや〜弟の彼女さん‼　淡白な弟のせいで欲求不満にさせてしまって申し訳ない‼」

言いながら宏明は、葵の身体を起こす。そして再びぐるりと体勢を変えさせ、今度は自分に背を向けさせる形で壁に手をつかせた。

「ここは不甲斐ない弟に変わり、兄として責任をもって彼女さんのオマンコを満足させますから♪」

ズズンと宏明が葵を後ろから突き上げる。いわゆる立ちバックの体勢で、彼は再度葵を犯しはじめた。

「ふっ、くっ！　っっっっっっ！！！」

壁の向こうには自分の彼氏がいる。葵は見えない和樹の存在を感じながら、背後から宏明に突き上げられていた。

「わが弟よ！　お前が淡白なせいでザーメンに飢えてた彼女の淫乱子宮に今日からお兄ちゃんがたっぷり中出ししてやるからなー♥」

そういうマンコに調教したのは、宏明自身である。とはいえその滑稽な事実すら、彼にとっては興奮の一材料でしかなかった。

「っ！　っ！　っ！　っっっ！！！」

宏明が突き上げるたびに葵の口から声にならない声が漏れる。壁についた自分の手の甲に嚙みつき、必死で声が漏れないようにしている葵の手には、うっすらと血が滲んでいた。

「そろそろイくぞ！　おらっ、四発目ぇ!!　イくぞっ!!!」

ズンッと自分の腰を思い切り突き上げる宏明。それはまるで、子宮の奥にまでペニスを届かせようとしているかのようだった。

「～～～～っっっ！！」

さきほどまでの三度の射精で、たっぷりと精液に満たされた葵の子宮。そこに、さらなる精液が注ぎ込まれようとしている。

「くっ！　このまま回転！　ローリングペニス！！！」

妙なかけ声とともに宏明が三度葵の身体を裏返す。立ちバックから、駅弁に近い体勢に。

逃げられない体勢のまま、射精される葵。

「おっおっ！　おおおおおっ」

まるでオットセイかなにかのような獣じみた声が、葵の声帯から漏れ出てしまう。もしかするとそれは声ですらないのかもしれない。激しい快感で震える身体から漏れ出た息、その息が、声帯を揺らしたときに生じてしまったみだらな音。声というよりも、もっと原始的ななにかなのかもしれなかった。

「お～、マジでザーメン出し切ったわ……」

びゅるびゅると、宏明のペニスから放出された精液が葵の子宮に到達していく。それは錯覚かもしれなかったが、宏明は自分の睾丸が空っぽになっているかのように感じていた。たぷんたぷんと自分の子宮の中が宏明の精液でいっぱいになっている。葵もまた、そんなありえない幻想に囚われていた。

六幕　絶対の信頼（悪い意味で）

「よっと」
またしても宏明が葵の身体をひっくり返す。尻を高く突き上げさせながらペニスを抜いていく。精液が溢れ出ないようにうつ伏せにさせ、
「おっほ♪　やば♥　ちんこにめちゃくちゃ吸い付いてはなさねーぞ？」
ずっずぷぷと卑猥な吸引音をさせながら、葵の内側から引き出されていく宏明のペニス。まるでひょっとこの口のようになりながら、葵のマンコは宏明のペニスにちゅーっと張り付いて離さない。
宏明は面白がりながら、その状態で何度か出し入れしたりしてみた。
「ん……んん」
小さく声を漏らす葵。朦朧とした意識の中でも、ペニスの出し入れには自動的に反応していた。
「俺のザーメンもっと欲しいのか？」
宏明は、空っぽだと思っていた睾丸にジワーッと熱いものがチャージされていくのを感

じていた。すぐには無理かもしれないが、少し休めば五発目にチャレンジできそうな気がしてきた。

「そんなに俺のチンポが恋しかったのか？　うれしいねぇ♥」

自分自身も久しぶりな葵のマンコに感慨深いものを抱いていたが、そんなことはおくびにも出さない。主導権はあくまでも自分。宏明にとって、葵は手のひらで転がされる孫悟空にすぎなかった。

コンコンと扉がノックされる。

「ん？」

宏明は反射的に、葵の身体ごと自分の下半身に布団をかぶせた。ノックの主は、隣の部屋にいるはずの和樹だった。

ガチャッと宏明の部屋の扉が開かれる。

「ちょっと兄さん！　TVの音またこっちまで聞こえてるよ！　音量下げて！」

怒っている……というほどではなかったが、和樹はやや機嫌の悪そうな表情を浮かべていた。宏明は射精のあとの余韻を隠しながら、なんでもなかったかのように弟に対応する。

「おいおい、いきなり入ってくんなよ。大事なオナニータイムだぞ？」

あけすけな宏明の物言いに、兄に似ずシモ関係の話題があまり得意でない和樹はあわわと慌てたような表情を浮かべる。

「ご、ごめん。もう終わったと思ったから」

布団に覆われた宏明の下半身……股間のあたりがもぞもぞと動く。ペニスだと思ったが、実際のところは彼の彼女……葵の尻だった。

「終わったは終わったな。たっぷり四発発射したところだ」

「よ、四発？　すごい……」

思わず素直に関心してしまう和樹。しかしすぐにそういうことではなかったと、脇道にそれかけた頭を修正する。

「って、そうじゃなくって」

「はいはい。そっちまで声が聞こえてたんだろ？　いつものことだろうが。そっちでも音楽かなんか流して騒がしくしとけって」

「だって！　これから勉強するのに！」

「あ、なるほど」

「変な声が聞こえると集中できないんだよー」

「了解了解」

たとえ音楽で打ち消したとしても、となりから変な声が聞こえてくるという事実は変わらない。それが和樹の集中力を乱してしまう。宏明は、意外と弟に甘い兄だった。

「おーわりぃわりぃ♪」

ティッシュを数枚引き抜いて、布団の中でもぞもぞとなにかを拭く宏明。

「んっ……」

小さくくぐもった声が漏れ出たが、扉のところにいる和樹にまでは届かなかった。

「今ちょうどスッキリしたところだから、もう大丈夫だ」

和樹はてっきり兄がペニスを拭いたのだと思っていた。実際に拭いたのは彼の彼女……葵の股間から溢れてきた精液だった。

「まったく……頼むよ?」

バタンと扉を閉めて和樹が出ていく。その後ろ姿を見送る宏明。余裕を装っていたようだったが、本心では多少は焦っていたのか、一筋の汗が頬を伝っていた。

「ふぅ〜、あぶなかったなー」

そう言って宏明は布団をめくる。そして中にいる人物に、声をかけた。

「さすがにラストスパートは声出しまくりだったからな♪」

「はあ、はあ、はあ、はあ」

いまだに息も絶え絶えな葵。もしかすると布団の中にいたせいで酸素が薄まり、いまだに息が整えられないのかもしれない。

「よっと」

宏明のペニスがようやく引き抜かれる。さすがに少し前までの勢いは失っており、やや

ダランとした宏明のペニスは、先端から精液の名残をタラタラと垂れ流していた。

ヒクヒクとときおり収縮してはブビュッと白濁した液体を吐き出す。震える葵のマンコ。

「ホントはオナニーじゃなくお前の彼女で抜いてたんだけどな♥」

葵の足腰はいまだにガクガクと震え、張りのあるヒップがプルプルと振動していた。

「これから一ヶ月間、おちんぽの世話をよろしくな♥ 弟の彼女さん♪」

葵は答えられず、ただ震えている。

(セックスって……こんなに疲れるものだったっけ)

朦朧とした頭で、そんなことをうっすらと考えていた。

こうして、約束の一ヶ月性活がはじまった。

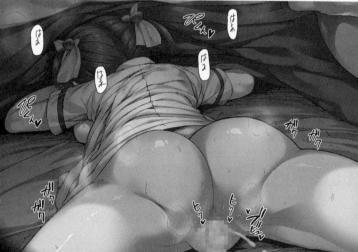

七幕 それでも変わらない日常

あれから数日後、葵と和樹の関係は順調に続いていた。再び訪れた和樹の部屋で、今度こそ邪魔されることなく、葵はきちんと彼との口づけを交わす。そして当然、そのあとの行為にも及ぶ。

葵は、宏明があのことを和樹に言ってしまうのではないかと恐れていた。でも、それは杞憂だった。

一日経っても二日経ってもなんの変化も起きない。それどころか、それまで以上に和樹との仲は進展していく。三日ほど経って、ようやく葵は宏明が約束のことを和樹に秘密にしてくれるつもりなんだと、安心することができた。

「今日は兄キ出かけてるから、二人きりだね♥」
「あはは、そっかー。嬉しいな……」

今日も葵は放課後、和樹の部屋を訪れていた。当然のよう

にいい雰囲気となり、キスを交わしそれ以上の行為に及ぼうとする。

（はじめてシテ以来、カズ君の部屋に来るとそればっかりになっちゃった。でもまあ、仕方ないよね。私もカズ君もそういうお年頃だし）

和樹と葵の関係は変わらず続いている。そしてそれと同じように和樹の兄……元カレである宏明との関係も……。

和樹の部屋で、彼と葵がキスをする一時間ほど前——

「んっ、んぐっ、んっ、んんっ」

当たり前のように、宏明は葵——弟の彼女に、自分のペニスを咥えさせていた。

「そうそう、そこそこ。いいぞ!」

和樹はいつも部活があり、帰りが少し遅かった。その時間を利用して、宏明は例の約束……『一ヶ月間セフレ代わりになること』を実行させていた。

葵は学校が終わるとすぐに呼び出され、和樹

が部活を終えて帰ってくるまでの間ずっと、宏明の相手をさせられていた。

宏明は、毎日溜まった性欲をすべて葵の身体で処理しようとするかのように、激しく執拗なセックスを強要した。葵をモノ扱いした、昔のように。

「おいおい、そんなにがっつくなよ。今日はザーメンぜんぶ口内射精でごっくんさせるんだからな。最初から飛ばすと後半バテるぜ？」

よくそんなことを思いつくなと葵に思われるほど、宏明は毎日いろいろな方法で葵を犯してきた。一時間続けてのバイブ責め。一時間ずっとの乳首攻撃。一時間ずっとの全身舐め回し。もちろん、一時間ずっと挿入したままというプレイも当たり前のように行われていた。

そうなれば当然、和樹が帰ってくるころには葵はヘトヘトになっている。しかも和樹のほうも、葵の身体を求めてくる。疲れているとはいえ応じないわけにもいかず、葵は応えられる限りの努力で和樹を喜ばせてきた。

しかし、それはかなりの控えめなプレイだった。葵にしてみれば、ほとんど何もしないのと一緒。最初のころは、こんなので和樹が喜んでくれるのかが心配だった。自分の何が功を奏するかわからないもので、その控えめなプレイが和樹のツボにはまった。ところが、何同じように葵も経験が少ないのだと誤解し、より葵に対して強い好意を抱き、一緒にいろいろなことを覚えていこうと、葵とともにエッチのレベルアップをしようと努力しはじ

めたりもしてくれた。葵は、そんな和樹がとても可愛らしいと思っていた。

「んっ、んぐっ……んっ、んっ、んっ」

ちゅぽちゅぽと葵が頭を前後に動かす。固く勃起した宏明のペニスが、テラテラと濡れ光っていた。溢れた唾液が、宏明の睾丸を濡らしている。その濡れた睾丸を、葵が指先で軽くひっかく。その微細な刺激に、宏明が腰をビクビクと震わせた。

「俺が仕込んだフェラテク、しっかり覚えてんじゃねーか。カズも喜んでるだろ？　感謝しろよ」

葵の頭を撫でながら、そんなことを言う宏明。

本気かどうかはわからなかったが、少なくとも葵はその言葉にイラ立ちを覚えた。ペニスを咥えたままムッとした表情を浮かべ、口からペニスを吐き出すと上目遣いで宏明を睨みながら否定した。

「こんなフェラするわけないでしょ‼　ただのヘンタイだと思われちゃう……」

言いながらも、ペロペロと亀頭のくびれを舐め回す葵。亀頭と皮の間に舌を差し込み、グルリと舐めながら、指先でクリクリと鈴口も刺激する。

ほとんど習慣と化している葵のフェラは、半ば自動的に宏明を気持ちよくしていってしまう。和樹相手には絶対にしない行為を、宏明相手だと無意識のうちにしてしまう。
身体に染み付いた、悲しい習慣。ここ何日かで、宏明相手に戻っちゃった。
（私……頭では忘れてるつもりだった。でも、身体は違ってた。コイツに少し弄られただけで、また昔みたいな感じやすい身体に戻っちゃう。コイツに教えられたとおりに、コイツが気持ちよくなるように、身体が勝手に身体が動いちゃう）
「んっ」
睾丸を揉みながら、はぷっと葵がペニス本体に吸い付く。空いたほうの手でペニスを握り、親指と人差指で亀頭を挟んでキュッキュッと締め付ける。
「マジかよ!? こんな極上のドスケベ口マンコを味わってないとか!」
気持ちよさでぴくっとペニスが震える。
宏明が仕込んだ、宏明専用の口マンコ。そこから得られる快感を存分に味わいながら、彼は身体を震わせていた。
「だからそんなことできないってば。私、ヘンタイだって思われたくない」
さすさすと手のひらで亀頭の裏側をこする葵。反対の手は根本を握り、ギュッと皮を根本まで押し下げている。そうして露わになった亀頭を、レロレロとピンクの舌が這い回る。

「彼氏にも使ってやれよ、ひどいなー（笑）」

先端から先走り汁が溢れてくる。それをぢゅーっと音を立てながら葵が吸う。

「エッロ……♥」

弟の彼女の痴態に、嬉しさがこみ上げてくる宏明。確かにそれは自分が仕込んだものだったが、以前に比べて格段にパワーアップしているようにも感じられた。葵自身の身体の成熟もあるだろう。そして、自分と付き合っていたころとの経験値の差もそれを後押ししている。

女遊びに長けた宏明はうっすらと感じていた。

葵は、それほど貞操観念の強い女ではない。

いや、ある意味では貞操観念は強いのかもしれない。男で言うところの一穴主義。女だから、一棒主義とでも言おうか。この女は付き合っている相手にしか身体を許さない。一本のチンポに限りない忠誠を誓うタイプの女。そのチンポ専用のテクを、どんどん磨いていくタイプのビッチだ。となれば、俺が仕込んだテクニックもバージョンアップしている

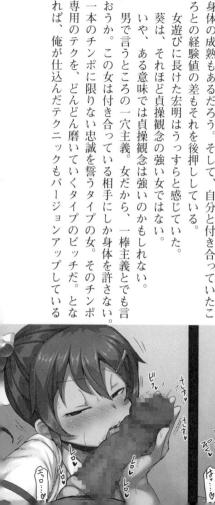

はず。同じように細部が違っている。そう、この舌使いもそうだ。いまの葵は、亀頭の割れ目にまで舌先を尖らせて挿入してくる。さっきなんて、俺が指示していないのに、アヌスにまで指を入れてきたのだ。
「やっぱ才能あるわお前。今までヤッた女の中で一番気持ちいいぜ♪」
彼なりの褒め言葉で、宏明は葵を褒め称える。しかし葵は何も答えず、ただ淡々とフェラを続けていた。
亀頭の先を咥えたまま、根本からゆっくりとしごき上げる。
溢れてきた先走り汁を、舌先で亀頭全体に伸ばす。
トロトロになった亀頭を、指先でこね回す。
亀頭を指先でこね回しながら、根本からゆっくりと舌全体を使って舐め上げる。
「おっ、おおっ……やばっ」
ビクビクと宏明のペニスが震えはじめた。
本日一発目の射精の予兆を感じ取った葵は、亀頭全体を口に含む。
「あれやってくれよ。即イキバキュームフェラ♥」
宏明が言葉にするのとほぼ同時に、葵が思い切り吸引をはじめた。
ずぬぬぬぬぬぬぬぬぬっ。

強い吸引の影響で、葵の口がひょっとこのように伸びる。そのくらい激しい勢いで、宏明はペニスを吸われていた。

まさにバキューム。

湧き出していた先走り汁が、すべて葵に吸い込まれていく。

そしてその状態のままで、葵は顔を前後にゆすりはじめた。

「おぉぉ〜♥ やべ♥ イクイクイク♥ ヤバすぎ!」

宏明が歓喜の声を上げる。

隣の部屋の和樹はまだ帰ってこない。宏明は遠慮することなく、気持ちよさを声に出して表現することができた。もっとも、和樹がいたとしても彼は同じことをしたかもしれないが。

「おほっ、ああっ! うひっ! あっ!」

葵がじゅぽじゅっぽと顔を動かすたびに、宏明はガクガクと腰を震わせる。それを逃すものかとさらに葵が吸引を強くする。そうして宏明の感じる快楽が、さらに高まっていく。

「すっげ……最強ループだ。お前のフェラは……くはっ! マジヤバキューム フェラだっ! くぅぅぅっ」

じゅるじゅると唾液の卑猥な音が響いている。

葵は無言で、宏明を責めたてる。彼を早くイカせるために、1時間以内に宏明のザーメンを空っぽにするために、とにかく宏明を気持ちよくさせなければならなかったから。

「うっ！　昔みたいにごっくんあーんしろよ！」

ついに一度目の絶頂が訪れた。宏明は葵の頭を抱え込み、彼の普通よりデカめのペニスを葵の喉奥まで強引に咥えさせた。

「イく‼」

ビュビュビューとかなりの勢いで宏明は葵の口の中で射精した。

「んんっ」

喉奥を精子に刺激され、葵が軽くえずく。しかし宏明は葵の頭を抱え込む手を離してはくれない。

「んっ～」

葵は苦しさに耐えながら、宏明の射精を受け続けなければいけなかった。しばらくして、ようやく宏明の脈動が収まる。葵はペニスを咥えたまま、追い打ちのようにそこへ吸引をかける。それは、以前に宏明から仕込まれた行動だった。

「尿道に残ってるザーメンもしっかり吸い取れよ？」

95　第一部　恋人のアニキが昔調教してきた元カレだった

ぢゅーっと口をひょっとこのようにしながら、ペニスをヌプププと吸い上げていく葵。口の中に生じた真空が、宏明のペニスに残った精液をみるみるうちに吸い取っていく。

「お、すご。さすがだな。最後まで吸引力がまったく変わらないぜ」

口で吸い取ったあとは、根本から手でしっかりと搾りとる。そしてそれらをすぐに飲み込んだりはせずに、口の中に溜めておく。

「ふぃ〜〜。やっぱお前のフェラは最高だな」

満足げに頬を緩ませながら、宏明は若干硬さを失ったペニスで葵の頭を撫でる。

「お前の口はチンポからザーメンを搾り取るためにあると言ってもいい」

スリスリと半勃起ペニスが葵の頭に擦り付けられる。あれだけ吸われたにも拘わらず中に残っていた精液が、葵の髪にヌラヌラとした跡を残す。

「この口オナホなら無限に射精できそうだわ」

葵の口のまわりについていた陰毛をつまみ取りながら、宏明は葵に口を開けさせる。

「あー」

呆けたような表情のまま、口をパカっと開く葵。

「おー、一発目だからだいぶ濃いのが出たなー♥」

葵の口の中には、たっぷりと白い精液が溢れていた。それを親指で舌全体に伸ばしながら、宏明はニンマリと笑う。
「ゼリー状ザーメン美味いだろ？　しっかり味わえよ♥」
「う、うぐ……うぅっ」
 喉奥まで指で精液を押し込まれ、軽くえずく葵。しかし精液を吐き出すことはしない。そんなことをすれば、床にこぼれたそれを直接舐め取らされることをわかっていたから。
「よーし！　飲んでいいぞっ」
 宏明の指示に従い、ごくっと喉を鳴らして精液を飲み込む。
 当然のことだが、それが美味しいなんてことはこれっぽっちもない。ただ、命令だから従う。従うと、心のどこかが妙に気持ちよくなる。安心感のような、その満たされるような感じが葵は嫌いではなかった。だから命じられるままに、宏明の精液を飲み込む。
「ほら、あーんして口の中見せろ」
 宏明は葵の口の中をチェックする。頭を掴んで舌を引っ張る、やや乱暴なそのやり方に葵の額に小さな青筋が浮かぶ。怒りというほどではないが、少しだけムッとした。しかし抵抗することはしない。宏明から一番早く開放される道は、ただ黙って従った先にあるということをもう十分に知っていたから。

葵は宏明に見せつけるかのように、自分でも両手を使って口を左右に大きく開く。まるで歯医者の検診でもしているかのように、喉チンコまで露わにしながら葵は宏明に口の中を見せる。

「よし、ちゃんと飲んだな。よくできました♥」

葵の口の中には、一滴の精液も残っていなかった。口のまわりにわずかに残った精液を宏明は指で集め、それも葵の口の中に流し込んでいく。

「これも飲めるな。うん、よろしい」

葵は素直にそれらも飲み込んでいく。それだけでなく、口の中に入れられた指についた精液も舐め取っていく。まるで、一滴も残さないのが自分の役目だと言わんばかりに。

「じゃあ二発目いくぞ。っと、その前に」

宏明はベッドに腰かける。開かれた脚の間に、ごく自然に収まってくる葵。

「あむ……ちゅっ、ちゅっ、ちゅっ。れろれろれろ」

言われるまでもなく、お掃除フェラをはじめる葵。亀頭の周りに残った精液の残滓を舐め取り、陰毛までも唾液で濡ら

してきれいに清める。満足げにその光景を眺めながら、宏明は告げる。
「まだ終わらねーぞ？　今日は口も喉も胃も全部ザーメン漬けにしてやるからな？」
ちゅぽちゅぽと卑猥な水音を立てながら葵は奉仕を続けている。
き、わずかにのけぞるような体勢をとってペニスを葵に突き出す。
「おそうじフェラが終わったら、そのまま二回戦突入な♥」
葵は宏明の言葉に頷く……のではなく、顔を前後に動かし唇でペニスをしごきはじめた。
「お、いいね」
宏明のペニスに力が取り戻されはじめた。半勃起の状態から完勃起の状態へ。葵の顔が前後するたびに、ひと回りずつペニスは体積を増やしていった。
「そうだ。カズが帰ってきたら、まず最初にあつ～いキスをしてあげな？　ザーメン臭い兄オナホになった、そのお口でな」

葵は宏明に力強く頷いた、そのお口でな♥」

このあと葵は口で三発、手で一発の計四発の射精を宏明から受けることになった。そしてほんの数分後、葵は軽くゆすいだその口で、和樹とキスをしていた。宏明の命じたそのままに。宏明のペニスを含んだその口で、和樹と鳥が餌をついばむような軽いタッチのバードキスを何度も交わした。
宏明のペニスに、ディープ・スロートをしたその口で。

八幕　極薄の関係

それからさらに数日が経った。
当然のことながら、和樹と葵の関係は続いている。そして、宏明と葵の関係もまた然り。
「んっ、あっ、あっ、あんっ」
ギシギシとベッドの揺れる音が和樹の部屋から漏れ聞こえてくる。部屋の中にいるのは葵と和樹……ではなく、和樹の兄である宏明だった。
「へ〜0.001ミリ超極薄コンドームだってさ〜」
和樹のベッドに横たわり、宏明は小さな箱を手にしてそれの説明書きを読んでいた。
「こんなの買って机に入れてるとか、彼氏今日気合入ってるね〜」
「んっ、あっ、あっ、あっ」
そんな仰向けに横たわる宏明の上には、葵がまたがっていた。宏明に背中を向けた、いわゆる背面座位。
宏明は葵の胸が見えないのが少し不満だったが、それでもその尻の動きには満足していた。弟の彼女の白いケツが、自分の上でユラユラと揺れている。その中心に自分のペニス

を突き刺しながら。

『お互いのぬくもりが伝わる薄さ‼ 生とほぼ変わらない感覚‼』……だってさ」

薄暗がりの中で目を凝らして、宏明はパッケージの説明文を読む。そのコンドームは、和樹の机の引き出しから勝手に持ち出したものだ。そして今、勝手にパッケージを開いて袋を破り、勝手に使用して弟の彼女と珍しくゴムありでセックスをしていた。

「いやっ、あっ、あんっ、んっ、あっ、あんっ」

ずっ、ずぬっ、ずっ、ずぷっと0.001ミリのゴムをかぶったペニスが葵の中に出し入れされている。葵は自ら腰を使いながら、宏明をとっととイカせようと努力していた。

「どう？ ぬくもり感じる？ 生と変わらない？」

宏明はいつもと変わらない調子で、葵に問いかける。それはまるで、葵とセックスなどしていないかのような軽い調子だった。

「はぁ、はぁ、はぁ……んっ、んんっ。あっ、やっ……あ、あんっ」

しっかりと感じながら、腰を使っている葵。葵の中心部からはたっぷりとした蜜が溢れ、下になっている宏明の股間をぐっしょりと濡らしていた。

「なぁ、どうなんだ？ ゴムついてる感じする？ それともいつもと変わらない？」

宏明は軽く腰を突き上げ、葵に返答の催促をする。

「ん……そんなの、わ……かんない……」

第一部 恋人のアニキが昔調教してきた元カレだった

ピクピクと震えながら、葵が途切れ途切れに答える。挿入部分から湧き上がってくるゾクゾクとした快感に、うまく受け答えができなくなっているようだ。

「はあ、はあ、はあ、はあ」

キュンと葵のアヌスが軽く締まる。連動して膣口も締まり、宏明はペニスの根本が絞られるような感覚を覚えた。

「おいおい……」

宏明はわずかに呆れながら、パチンと葵の尻を叩いた。

「あんっ」

声を上げ、軽くのけぞる葵。そしてまたしてもアヌスが締まり、同時に膣口が宏明のペニスを締め付けてきた。

「困るよ？ これからカズが使うんだから――。しっかり品質チェックしてくれないとー」

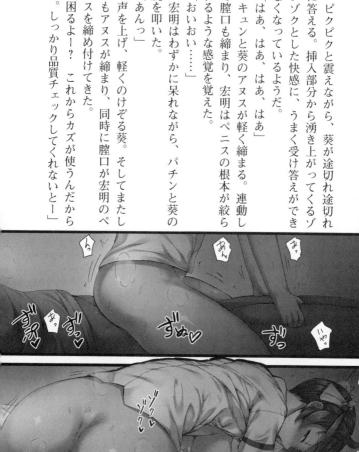

コンドームの数が減っていることにはまるで興味がない宏明。もし気づいたとしても、あとでどうにでもいいわけができる。たまたま見つけてオナニーに使ったとでも言えば、弟を丸め込めるとごく簡単に考えていた。そしておそらく、和樹は宏明のそんな言い訳を簡単に信じてしまうだろう。

「生と変わらない……か。やっぱりアイツ本当は生でセックスしたいのかー」

再びパッケージの文言を読みはじめる宏明。葵のほうも、腰の動きを再開していた。

変な部分で二人は息が合っていた。

といっても、それも当然のことなのかもしれない。宏明にとって葵はお気に入りのセフレ（セフレではない）だったし、葵にとっては一番長い時間自分を抱いた相手が宏明なのだったから。

「お兄ちゃん許さないぞ？　ちゃんと避妊しないと。愛するパートナーに対する最低限のエチケットだよね？　彼女さん♥」

「(怒)」

ズンズンと葵の腰を打ち付ける強さが、やや乱暴になる。自分を棚に上げた宏明のセリフに、少しだけムカついていた。宏明はこういう人間。それが、葵に
とはいえ、それが何かの行動に変わることはない。

言い返すこともなく、葵は腰を使い続ける。ねっとりとした蜜が宏明のペニス——正確にはペニスにかぶさった極薄のコンドーム——にからみつき、ヌチャヌチャと葵の中を出たり入ったりしていた。

「ん〜、なんかイマイチ気持ちよくないな……」

宏明が葵を押しのけるようにしながら、身体を起こした。

「ちょ……なに……を……」

動きを阻害された葵が戸惑い、一体何をするのかと背後の宏明を振り返る。

「え?」

バチンと弾けるような音を立てながら、宏明がペニスからコンドームを引きはがした。

「アンタ、なんでそれ外して……」

「なんでって、わかるだろ?」

「いやでも、今日はそれの具合を確かめるって……はよくわかっていたから。

「んっ、んんんっ、んっ、んんっ……」

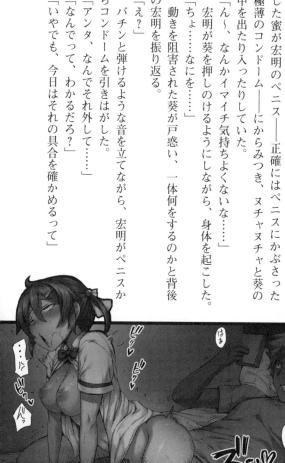

「具合ならもう確かめた」

「あっ」

葵の背中を押し、うつ伏せにさせる宏明。浮き上がってきた尻に、狙いを定める。

「もしかして……」

「やっぱり……生でしょ♥」

「あっ、んんっ!」

ズズッと肉の割れ目を押し開きながら、生のペニスが葵の中へと侵入してくる。

長大な宏明のペニスは葵の膣の中をズブズブと突き進み、子宮の入り口にチュッとキスをする。

「おほ! さすが生! 亀頭にヒダの感触がビンビン伝わるね♪」

「あんっ、いきなりは、はげしっ……あっ!」

ズンズンと宏明が背後から腰を打ち付けてくる。ギシギシとそれまで以上の音でベッドをきしませながら、葵の中を陵辱していく。

「愛液がチンコに絡みつくのが、ダイレクトにわかるぞ」

「くうううっ」

第一部　恋人のアニキが昔調教してきた元カレだった

言葉には出さなかったが、葵のほうでも感触の違いは感じていた。

膣の中に、熱い肉塊が出し入れされている。

たっぷりの蜜で満たされた膣の中が、宏明のペニスでかき回されている。

そしてそのテンションに引っ張られるように、葵の気持ちも高ぶっていく。

直接触れている肉の熱さ。直に伝わってくるペニスの熱が、ジンジンとしびれるような快感を生み出していた。

「膣壁にピッタリ密着‼　チンコとマンコが繋がってるこの一体感‼　よっぽどテンションが上がっているのか、わめきながら腰を使い続ける宏明。

「んっ、あっ、はっ、あっ、はっ、ああんっ！」

キュンッと葵の膣が締まる。その締め付けの感覚も、やはりゴム越しとは違っていた。

「やっぱセックスは生一択‼」

葵の背中へ適当に投げ捨てられているコンドーム。テラテラと光るそれは、生でしたことのない和樹の惨めさを表しているようだった。

「ふほー。０.００１ミリの壁は厚いな〜〜（笑）」

ゴム無しでセックスしている宏明は、葵の内側に直接触れている。一方の和樹は、未だゴムありでしかセックスしたことがない。

ちゃんとした彼氏とはゴムありで、元カレで彼氏の兄である宏明とはゴムなしセックス。

葵はどうして自分がこんなことになっているのかよくわからなくなってきてしまった。ただとにかく気持ちがいい。宏明の生のペニスが、とにかく気持ちがいい。そして宏明もまた、生セックスの快楽で絶頂を迎えようとしていた。
「ううっ！　出るぞっ！」
　ぐぐっとペニスが一段と大きく膨張した。その射精の前兆に、葵も絶頂を迎えてしまう。
「イくっ！」
　ぎゅーっと葵の内側が宏明を締め付けてきた。その締め付けが、宏明の射精を促す。ピッタリと子宮の入り口に密着したペニスの先端から、トクントクンと葵の子宮の中へと精液が注がれていく。びゅくびゅくと震える宏明のペニス。その先端からとぷとぷと注がれた精液で、葵の子宮はいっぱいになってしまった。
「お～♥　やべ～♥　めっちゃ出た～♥」
「はぁ、はぁ、はぁ、はぁ」
　荒く息を吐いている葵の耳元で、宏明がボソボソとつぶやいた。
「セックス的には生で最高の快感を楽しむのがエチケットかな（笑）。お前もそう思うだろ？」
「や、やだ～」
　朦朧としながらも、葵は拒絶の言葉を吐く。しかし口では嫌だと言っても、子宮のほうは別。しっかりと宏明の勃起ペニスを迎え入れて、たっぷりと精液を注ぎ込まれていた。

「イヤ？　生チンポ突っ込まれた途端に膣内キュンキュンさせて何度も中イキしてたクセに何言ってんの？」

卑猥な宏明の言葉に、ゾクゾクとした快感を覚えてしまう葵。絶頂後の言葉責めもまた、宏明と葵にとっては重要なプレイの一部だった。

「生ハメ大好き変態J●」

「っ～～～～～」

ぽそっとつぶやかれた宏明のひと言で、再び葵がビクビクと身体を震わせる。咥え込んだままのペニスが、葵の膣でぎゅーっと締め付けられる。宏明の言葉責めで、葵は再度小さなオーガズムを味わってしまった。

葵の身体は完全に、あのころのように宏明の思うがままにイかされてしまうようになっていた。

九幕　私と和樹とアイツの関係

「あん、あん、あん、あん」
和樹の部屋で、葵が喘いでいる。
ベッドの上にいるのは、和樹と葵。
部屋の主である和樹が、彼女である葵とセックスしていた。

「ぐか〜」
その隣の部屋では、宏明が眠っていた。
ベッドの上で、下半身丸出しの宏明の姿。
大口を開けて、いかにもひと仕事終えたという感じで眠っていた。

「葵ちゃん、気持ちいい？」
「うん♥」
ギシギシとベッドをきしませながら、正常位で繋がっている和樹と葵。

和樹はいかにも幸せの絶頂といった表情で、葵を抱いていた。

「僕も気持ちいいよ、葵ちゃん」
「あっ」
「はぁ、はぁ、はぁ」
「イく？ イきそう？ カズ君」
「う、うん。僕、イきそうだよ」
「いいよ、いつでもイっていいよ」

仰向けに横たわり、和樹を受け止めている葵。その膣の中には、しっかりとゴムを装着した和樹のペニスが挿入されている。

「あ、あ、あ、あ、あ」

ぎこちないながらも、一生懸命に腰を振る和樹。

やがて限界に達した和樹は、葵の中で絶頂を迎えた。

「うっ、イクっ！」

「んんんっ」

ビクビクと震えながら、彼の精液がゴムの中に射精する和樹。

当然のことながら、そこにはすでにたっぷりと精液が溜まっていた。

しかしながら、彼の精液が葵の子宮に届くことはない。

なぜなら彼女はほんの一時間前に、宏明に生で中出しされていたから。

「はぁ、はぁ、はぁ。気持ちよかったよ、葵ちゃん」

「うん。私もよかったよ、カズ君」

(私とカズ君の関係はイイ感じに続いている……と思う。りには、ものすごく順調って言っていいと思う)

セックスの余韻の中で、葵は宏明とのことを思い出していた。

(カズ君と会う日はもちろん、会わない日も休み日も、アイツに呼び出されてはアイツにいろいろされているわけも犯された。たぶん子宮にアイツの精子がない日はなかったと思う。そのくらい毎日毎日

（セックスさせられた）

「何回イった⁉ オラ、答えろ!」

葵が和樹とゴムありセックスをする一時間前、葵はとなりの部屋で宏明にゴムなしセックスをさせられていた。

「ろ、ろくぅ……」

パンパンと腰を打ち付けながら、相変わらずな言葉責めをしてくる宏明。葵もまたその宏明の責めにノり、屈辱的な答えを返して身体をブルブルと震わせていた。

「へっ、イきまくりやがって。そんなやつにはお仕置きだ!」

「んあああああっっっ」

側位から正常位へと体位を変え、ベッドに葵の身体を押し付けながら和樹とは比べ物にならないくらいの見事な腰使いで葵を追い込んでいく宏明。

「オラ！　今度はコイツだ！　オラぁいけ‼　中出しで子宮アクメしろ‼」

「ああ～。膣内いやぁ～」

口ではそう言いながらも、葵は宏明の腰を両足で抱え込んでいた。いわゆるだいしゅきホールド。カニバサミで宏明をがっちりロックして、中出しを態度でせがんでいた。

「イくぞっ‼」

「ひ、いぐぅ～～。もう、イぐのぃやぁ～……ゆるじでぇ～～」

ビュッビュルルルルーと勢いよく宏明のペニスが、葵の中で精液を吐き出した。当然

のことながら、生で中出し。葵の子宮には、たっぷりと宏明の白濁液が注ぎ込まれていった。

「あ、あ、あ、あ、あ、あ、あ、あ」

そしてこの一時間後、葵は和樹とセックスをする。

宏明の精液を子宮の中に溜めたままで。

「おまたせー。ごめん待った？　部活終わるの遅くなっちゃって」

あくる日の放課後、いつものように葵は和樹と待ち合わせをしていた。

「って、あれ？　すごい汗だね。大丈夫？」

屈託のない笑顔で、そう問いかけてくる和樹。

「は、走ってきただけだから……大丈夫」

息を荒らげながら、葵はそう答える。

「そっか」

疑うこともなく、和樹はその言葉を受け入れる。女の子にしては髪はボサボサで、着衣の乱れもある。よく見れば、太もものあたりには不自然な液体。

和樹でなければ、そのことに気づいたかもしれなかった。

でも、和樹はあまりにも鈍感すぎた。自分の彼女が、誰かに抱かれているなどということを想像するには。
　和樹はセックスをするとき、必ずゴムをつけた。宏明はセックスをする前に葵は何度も何度も中出し生セックスをさせられ、いつもヘトヘトになっていた。
　和樹と会う前に葵は何度も何度も中出し生セックスをさせられ、いつもヘトヘトになっていた。
　中出しされた精液はそのままで、葵は和樹のゴムペニスを受け入れていた。
　和樹のゴムペニスが葵の膣を出たり入ったりするたびに、宏明の精液が子宮の中でかき混ぜられていた。
　和樹とセックスしているはずなのに、子宮は宏明に犯されている感覚。
　約束の一ヶ月の間は、和樹とセックスしていても、葵はまるで和樹と宏明、二人に同時に犯されているような妙な感じをずっと味わっていた。

「あ、ん、あ、あ、あ」
「気持ちいい？　葵ちゃん。気持ちいい？」
「う、うん」

「僕も気持ちいいよ♥」
「イくっ‼　中に出すぞ！」
「いぃや‼　らめぇーー」
「くっ！イぐっ‼」
「あっ、おっ！あーーーっ」
「あ、あ、あ、あ」
「うっ、あっ……イクよ！」
「う、うん。キて」
「ううう」
「はぁ、はぁ、はぁ、はぁ」
「ふぅーーっ。すごくよかったよー♥」

　一時間の差で、和樹と宏明二人に抱かれる葵。快感と疲労とで、葵はその時間差がよくわからなくなってきてしまっていた。早く一ヶ月が経てばいいのに。それだけが、今の葵の正直な感想だった。

十幕　これでいいのに不完全燃焼

　そして約束の一ヶ月は最終日を迎え、葵と宏明はほぼ一日中ベッドの上で過ごした。
「はー、はー、はー」
　仰向けに横たわる宏明に抱きしめられるような体勢で、ぐったりとしている葵。荒い息遣いが、それまでのセックスの激しさを表していた。
「ぜぇー、ぜぇー、ぜぇー」
　一方の宏明も、珍しく消耗していた。
　それもそのはず。朝からずっとセックスしっぱなしだった彼は、さきほど行った葵の中での射精で、本日十二発目。さすがの彼でも、もう煙しか出ないような状況だった。
　それでも、それまでの大量の射精で葵の子宮はいっぱいになっていた。
　仰向けで抱きしめながら、宏明が軽く葵の下腹部を押す。ビュルッと滑稽な音を立てながら、葵の膣から宏明の精液が溢れてきた。
「やべぇーー……しにそーー♪」
　そういう宏明の言葉どおり、彼のペニスはいつになくダラリとだらしない姿を晒してい

た。葵の内側から抜け出たままベッドにくたぁーと垂れ下がり、先端から半透明色の液体をタラタラと垂れ流し続けている。
「これぶっちゃけチンポぶっ壊れたわ。さすがにちょっとやりすぎ」
 明日からのぶんも合わせて、宏明は葵を犯しまくった。正常位で騎乗位で側位で後背位で、松葉くずしで立ちバックで変形マングリ固めで。思いつくありとあらゆる体位で犯した。もちろん全部生で中出し。もはややりすぎで、葵の膣のシワがなくなってしまうのではないかというくらいだった。
 シたのは、セックスだけではなかった。ベッドに散乱した、種々様々な大人のおもちゃ。バイブにローターに手錠に目隠し、ローションに浣腸に乳首クリップ。宏明は手に入ったアダルトグッズを、大盤振る舞いで葵にすべて試してみた。葵は、どんな道具でも抜群の反応を示してくれた。
「はぁ、はぁ、はぁ。にしても膣内射精しながらノンストップピストン燃えたー〜♥」
 とはいえ結局のところ、宏明が一番気に入ったのはやっぱり生中出しだった。葵の奥深くまで挿入して、容赦なく射精。いつもならそこでひと息ついたりするのだが、今日は違った。出したそのままで、ノンストップでピストン続行。イったばかりの宏明もきつかったが、一緒に絶頂していた葵もキツかった。キツくて、そして気持ちがよかった。
「膣奥ビクビクしながらイってるときのピストンやべーわ♥ 天然の電動オナホだぜ（笑）」

いまだに葵の膝はガクガクと震えていた。平気な感じで振る舞ってはいたが、宏明のほうも腰のあたりがかなり重くなっていた。

さすがの宏明も、今日はもう満腹といった感じだった。

約束の一ヶ月は、今日でおしまいだったが。

「生ハメ性処理生活も今日で終わりか〜。いや〜、思いっきり堪能させてもらったよ一ヶ月間ごくろうさま♪」

「はぁー、はぁー、はぁー、はぁー」

ねぎらう宏明の言葉にも、葵は荒い息で返す。何かを返答するほどの余裕は、まだ回復していなかった。代わりに、下の口が返事をする。

ブビュッと葵の中から宏明の精液が噴き出した。荒く息を吐くたびに性器がヒクヒクと震え、中から精液がドロドロと流れ出してきていた。

（ようやく……終わったぁ……）

長いようで短かった一ヶ月が終わった。これで、宏明との関係も終わりだと葵は安堵した。

約束どおり、宏明は葵とのハメ撮りの動画データを消した。

その上、コピーがないことの証明としてスマホとPCを葵に確かめさせた。

宏明のその行動を鵜呑みにしたわけではなかったが、彼の意外と律儀な行動に葵は若干拍子抜けしたような気分になった。

（もっと、いろんな脅迫してくるかと思ってた）

葵は、宏明がどういう人間かわかっているつもりだった。

でも、それが間違っていたのかもしれないと認識を改めた。

改めるまでもないような扱いを、この一ヶ月間されてきたというのに。

そして、葵は元の生活に戻った。以前のように和樹と放課後待ち合わせをし、以前のように彼と一緒に帰る。そこには、あの一ヶ月間のような不自然さはなかった。髪も乱れていないし、服装もちゃんとしていた。全身がやや汗臭かったり、太ももが変に濡れていたり虫に刺されたような跡がいっぱいついているということもなかった。

「ねえ、今日はウチにおいでよ！」

「うん！」

和樹の態度は、それまでとまったく変わらないものだった。

葵に起きた一ヶ月間の出来事に、これっぽっちも気づいてないようだった。

本当に元どおりになったんだと葵は安心した。

「いらっしゃーい」

「お、おじゃまします……」

宏明とも、和樹の部屋に行く際に何度か顔を合わせた。それも当然だろう。なにしろ、彼は和樹の兄なのだから。

しかし宏明は何も言っては来ない。ごく自然な態度で葵に接し、和樹ともそれまでどおりの仲のいい兄弟として過ごしている。どちらかといえば、葵のほうが落ち着かない感じだった。何事もなかったかのように距離をとってくる宏明。その何事もなさが、逆に葵にとっては不気味だった。

「どうしたの葵ちゃん」

「う、ううん。なんでもない」

促され、和樹について彼の部屋へと向かう葵。

そしてそこで数時間の、甘い恋人同士の時間を過ごします。

(もう完全に元どおり。私とカズ君は普通の恋人同士。彼は単なるカズ君のお兄さん……なんでもない……なにも……なにも……)

……もう関わってこない……なにも起きない……なにも……なにも……)

和樹に抱かれている間も、葵はそう自分に言い聞かせていた。

もう宏明とはなにもない。なにも起きないはず……と。

第二部 私を調教した元カレは恋人のアニキ

一幕　ワタシ再開

終業式。

一学期が終わり、夏休みがやってくる。

元カレだった恋人の兄に脅されセフレにされるという怒涛の一ヶ月を過ごしたものの、今ではそれも記憶の彼方……というにはまだ傷は癒えていなかったが、それでも葵はこれからくる夏休みに思いを馳せていた。

(夏休み……カズ君とどんなふうに過ごそうかなあ)

妄想の翼を広げる葵に、友人たちが声をかけ教室から出ていく。

「じゃあね葵ー、二学期にねー」

「またねー」

「彼氏とハメ外しすぎるなよー」

「わかってるってばー」

先に帰っていく友人たちを見送りながら、葵もまた帰る支度をする。

机の中のものをカバンに入れ、持って帰る必要のなさそうなものをロッカーに片付ける。

「え……なにこれ……？」

 そんな彼女の手が止まった。

 そこには、手書きの文字で『弟へ♥　彼女のひみつ動画vol.01』と書いてあった。カバンの中に、見覚えのないDVDが一枚入っていた。

「っ！！！」

 葵はそれを急いでカバンの中にしまう。

 キョロキョロとあたりを見回し、誰にも見られていないことを確認する。

 そして……。

（アイツだ……絶対にアイツだ……）

 表情に出さないように努めながら、心の中で怒りの炎を燃やす。

 本当ならこのあと和樹の部活が終わるのを待って一緒に帰る予定だったが、それをキャンセルして葵は一路ある場所へと向かった。

 和樹の兄であり、葵の元カレである宏明のところへ。

「ちょっと！　どういうことなの⁉」

 バンッと勢いよく扉を開けながら、宏明の部屋に葵が怒鳴り込んできた。鬼（にしては可愛すぎる）のような形相で宏明に迫る。

「んー？　どしたー？」

 怒りと驚きで顔を真赤にした葵。

一方の宏明は、のんびりした様子でベッドの上でくつろいでいた。
「これよこれ！　なんなのよこれっ。ちゃんと説明して！」
　宏明にDVDを突き出す葵。ダンダンと地団駄を踏むように床を踏み鳴らしながら、片手で宏明のくつろぐベッドをギシギシ揺らす。宏明は読んでいるマンガから顔も上げずに、さもなんでもないことのようにサラッと言った。
「あー、それ？　こないだ盗撮したヤツ。せっかくだから編集してみたんだー」
「盗撮⁉」
「ああ」
「盗撮ってどういうことよ⁉」
「盗撮は盗撮だよ。言葉のとおりの意味」
「意味わかんない」
　ムッとして口を尖らせる葵。
「そこに国語辞典あるから。調べてみ」
「そういう意味じゃなくって！」
　相変わらず宏明はマンガに視線を集中したまま、ヒョイッと机のほうを指差す。
　ダンダンと再び葵が床を踏み鳴らす。
　そろそろからかうのも潮時だと思ったのか、宏明はパタンとマンガを閉じると視線を葵

のほうに向けた。
「百聞は一見にしかずってな」
「え?」
「見てみればいいだろ。そしたら一発でわかる」
「うー」

嫌な予感しかしない。それでも葵は、宏明の言葉に従うしかなかった。DVDに入っているものが葵の想像どおりだとしたら、なんとしても和樹に見られることを防がなくてはならない。そうでなければ、あの一ヶ月の苦労が無駄になる。葵は覚悟を決め、宏明にDVDを手渡した。

『声は……よしっと。うーしっ。じゃあ撮るかー』

ザッザッザザッというノイズのあと、画面の向こうから宏明の声が聞こえてきた。場所は和樹の部屋。アングルからして、本棚の上のほうにカメラを設置しているようだった。

『えー、今から弟の部屋で弟の彼女に生ハメ中出しします (笑)。後でなんか役に立つかもしれないから録画します (笑)』

カメラに向かって一人話す宏明。画面のこちら側では葵が苦虫を嚙み潰したような顔をしていた。

「なんだよ、もっと楽しそうに見ろよ？　滅多にないぞ？　自分のハメ撮りしてるところを見られるなんて」

ニヤニヤ笑いながら、宏明が隣に座る葵の肩に手を回す。葵は憤慨したような表情を浮かべながら、肩を揺さぶって宏明の手を振りほどく。

「ふーん。そういう態度とるんだ。ま、いいけどね」

宏明のニヤニヤ笑いが止まらない。

二人がそうしている間にも、画面の中の時間は進んでいた。

『はやく来いよ！』

画面の中の宏明が、画面の外側に向かって呼びかけた。

『え……ここでするの？』

まだ画面には映っていなかったが、葵にはそれが誰なのかわかった。なにしろ、自分自身の声だったから。

『どこでもいいだろ。はやくしろよー。カズが帰って来るぞ？』

「くっ」

悔しげな表情の葵。たしかあのときも、こんな顔をした気がする。葵は忘れかけていたあの日のことを、ありありと思い出しはじめていた。

『まずはフェラな』

そう言って宏明がベッドの上に横たわる。後頭部だけが映っている葵が、宏明のズボンを脱がした。
「あれ、なんか画面越しで見ると俺のチンポ小さくね？　実際はもっとでかいよな？」
「画面のこちら側にいる宏明が、隣に座る葵に尋ねた。
「知らないわよ」
ムッとした表情のまま葵が吐き捨てる。
「知らないわけないだろー。ほら、あんなふうに舐めたりしゃぶったりしたんだからさ」
「くっ」
じゅぷじゅぷと、画面の向こうでは葵が宏明のペニスを舐めていた。二つ結びした髪が、顔を前後するたびにユラユラと揺れている。宏明は余裕の表情でカメラに向かってピースサインをしていた。
『お〜。いいぞーー。一回目イきそ♪』
そんな宏明の行動に気づかぬまま、葵は一生懸命にペニスを舐める。こみ上げてくる射精感に逆らわず、宏明は本日一発目の精液を葵の口の中に発射した。
「ふー、気持ちよかった』
「うぷっ……ねえ、ティッシュ」
「ダメダメ。前みたいにちゃんと飲むんだよ。教えただろ』

『……』

『睨んでもダメー。ほら、ごっくんする』

しばらくの抵抗ののち、葵は口の中にたまった精液をごくりと飲み込んだ。

『うんん。よくできました。じゃあ次は下に出してやるからな』

画面が暗転して切り替わる。葵の記憶ではこのあと散々クンニされてから挿入だった気がしたが、画面の中ではすでに挿入されている最中だった。

『おらっ!! どうだ?』

『いっ、イくっ! あっ!』

パンパンと肉と肉のぶつかる音を響かせながら、ベッドの上に仰向けになった葵に、宏明が正常位で挿入している。カメラのアングルを意識して宏明がそうしたのか、挿入部も葵のアヌスも画面に丸見えになっていた。

『おー、すげえなお前の尻の穴。感じてるとあんなふうにパクパクしたりするんだな』

『くっ……』

悔しいやら恥ずかしいやらで、葵の顔色は赤くなったり青くなったりしていた。しかし、何かを言い返すことができない。画面の向こうで行われたことは事実だし、それを否定したりすることの無意味さをもうすでに葵はよくわかっていたから。

『イけ!! おらぁ!』

画面の中の宏明の動きが一段と早くなった。ギシギシとベッドをきしませながら、パコパコと葵を責め続けている。

『あっ、んっ。また、イぐぅぅ……だめぇ〜〜！』

ビクビクビクッと葵が身体を震わせた。ぶらぶらしていた両脚が宏明の腰に絡みつき、ごく自然にだいしゅきホールドの体勢になる。

「お前、なんだかんだ言って中出し好きだよな」

「は？」

「だってよ、ああやってイくとき必ず俺の腰をガッチリホールドするじゃん。あれって、俺に中でイッて欲しいって意思表示だよな？」

「ち、違うわよっ」

「あぁん？」

「あ、あれは……自然に足が動いちゃって……何かにしがみつきたくなっちゃうだけだから……」

「つまり、本能的に中出しを求めてるってことだな？」

「……」

そういうことじゃない。葵はさらに反論を重ねようとしたが、諦めて口を閉じた。

それに、少しだけ思ってしまったのだ。もしかすると、自分があんなことをするのはそういう理由があるのかもしれない、と。
『お、またイったぞ』
『んんんんんんんんんん』
画面の中の葵が再び痙攣していた。宏明の激しい責めに絶頂し、今度は宏明の身体に腕を回してきつく抱きしめていた。
『ほれ、体位変えるぞ』
『あんっ』
宏明は無造作に葵の手を振りほどき、今度はうつ伏せにさせる。そうしてその状態で尻を突き出させて、バックから葵の中に挿入した。
『んんんんんっっ』
体位が変わっただけで、さきほどとほぼ同じような展開が画面の中で繰り返される。
二発、三発。次々と宏明が葵の中に射精していく。
『はぁ、はぁ、はぁ、はぁ』
いつしか体位が一周し、またしても宏明は葵を正常位で犯していた。違うのは、カメラのアングル。一度目は二人は背を向けるようにしていたが、今度は横からカメラに捉えられていた。

「出すぞ‼」
画面の中の宏明が宣言する。
「あっ、あっ、あああっ！」
ギュッと葵の手が、自分の両脇に突かれた宏明の腕を掴んだ。パンパンとほぼ真上から葵の中にペニスを出し入れする宏明。AVではない自主制作のそれは、モザイクなしの無修正でそのさまを映し出していた。
「ごくっ」
画面のこちら側で見ている葵の喉が鳴る。
宏明はニヤニヤしながら隣で座ってその様子を見ている。
「これで何回目の射精だ？」
画面の中の宏明が葵に問いかけた。葵は犯されながら宏明に答える。
「ご、ごかぁい……あっ、あ、あ、あ、あ」
「正解♪　よーしいい子だ。お前は何回イったんだ？　ん？　おらっ‼」
「ななぁ……！」
「はは。俺よりイってんじゃねーかよ‼」
嘲笑しながら、宏明は葵の中に射精する。

『んんんっ!』

ビュルルッと出される射精の勢いを感じながら、葵が八度目の絶頂に達する。

『はあっ、はあっ、はあっ』
「はあ、はあ、はあ、はあ」

画面のこちら側にいる葵の息も、荒らくなっていた。
何かを抑えるようにスカートをギュッと握りしめ、太ももをモジモジと摺り合せている。
それを見た宏明のニヤニヤ笑いに気づき、キッと強い視線で睨み返した。
暗転し、画面が切り替わる。そこには事後の二人が映し出されていた。

『ふう～。これ燃えるわ』

ベッドに腰を下ろし、下半身丸出しで余韻に浸っている宏明。傍らでは、葵が身支度を整えていた。髪を整え、制服の乱れを直す。しかしそれでも、いつもどおりのきちんとした感じにまでは戻せなかった。明らかに、事後の雰囲気が漂ってしまっている。

『彼氏の部屋でNTRセックス』

『じゃあ私行くから』
『おう。またな』

一瞥もせずに、葵が画面から外れていく。
バタンという扉の音で、部屋から出ていったのがわかった。
しばらくしてすぐに、宏明も部屋を出ていく。

そして消される部屋の電気。しばらく画面はそのまま、無人の部屋を映し出していた。ガチャッと扉の開かれる音。廊下から漏れる光に、二人の人影が映し出されていた。

新しい登場人物。部屋の主である和樹が、学校から帰ってきた。彼の彼女である葵を伴って。

『どうぞ！ 入って！』
『おじゃまします……』

こちら側の葵がしびれを切らしはじめた。怒りとイラ立ちと恥ずかしさの入り混じった表情を浮かべながら、隣に座る宏明を睨みつけている。

「ちょっとこれ、どこまで映してるのよ」
「もうしばらくだって」

画面の中では、しばらく談笑していたがややウトウトしはじめた葵と、その葵を心配する和樹が映っていた。

『眠そうだけど大丈夫？ 疲れてるの？ 今日はもう帰る？』
「へへへ、そりゃああれだけセックスしたあとだもんな。疲れてるに決まってるさ」

宏明の軽口に葵がまたしてもムッとする。なにかを言い返してやろうかと考えていると、画面の中からも宏明の声が聞こえてきた。

『カズ、いるかー？』

白々しい宏明の声。返事も待たずに部屋に入ってくると、勝手に椅子を引き寄せて本棚の上へと手を伸ばした。
「ちょっ、兄さん‼」
「おー、わりーわりー。このマンガ読み終わったから、新しいヤツ借りてくぞー」
　ヌッと画面いっぱいに映り込み、カチャカチャとカメラを回収する宏明。画面の端では、こちら側の葵と同じように宏明を睨みつける葵の姿があった。
「はい、終了」
　映像はそこまででだった。宏明はニヤニヤしながらDVDを取り出し、葵に渡す。
　葵はDVDを受け取ったあと、ハッとしてそれを自分の後ろ手に隠した。
「大丈夫だって、取らねえから。っていうか、マスターはこっちだぜ？」
　スッと一枚のSDカードを取り出す宏明。それを人差し指と中指で挟んで、見せつけるように葵の顔の前で左右に振った。
「どう？　よく撮れてただろ？　DVDのほうは、AV風に編集した力作だぜ（笑）」
　悔しげに唇を噛む葵。薄々わかっていたことだが、自分の負けを認めるしかなかった。
　それでも、強気を装って宏明に迫ってみる。
「消してよ！」
　当然のことながら、宏明のニヤニヤ笑いは止まらない。そしてからかうような口調で葵

「はぁ〜？　消してよ〜？　人になにかお願いしたいんなら、それなりの対価を払うのが当然だろ〜？」

ぐすっと葵が涙ぐむ。やっぱり自分の負けだった。

あの宏明が、あの程度のことで引き下がるはずがなかった。

一ヶ月間のセフレ契約。そのくらいのことで、自分を開放してくれるはずがなかった。

「またセフレになってくれるなら消してやってもいいけど、今回の動画は時間が倍くらいあるからなぁ」

話が勝手に進んでいく。宏明のほうも、自分の勝ちを確信していた。

葵が逆らうなんてことは、これっぽっちも想像していなかったからだ。

なにしろ、そういう女に彼自身が仕込んだのだから。

「そうだ！　夏休みの間、俺の性奴隷になってくれよ♪」

とんでもないことをごく軽い調子で言ってくる宏明。

しかしながら葵には、その条件を受け入れることしかできなかった。

彼女の生殺与奪の権利は、宏明が握っていたから。

そうして、また宏明と葵との肉体関係が復活した。

二幕　やっぱりアイツは最低

夏休み。

カンカンに照りつける太陽と、セミの鳴き声。青い空には、白い入道雲がモクモクと浮かんでいる。

そんなある日のこと、宏明は葵を朝から呼び出していた。そして自分の車に乗せ、少し離れた街へと葵を連れて行く。

「どこ……行くのよ」

「ちょっと遠くの街」

「なんでよ」

「……」

「だってカズに見つかりたくないだろ？　あと、知り合いとか」

「……」

宏明のそのセリフだけで、葵は宏明が自分になにかをさせようとしているんだな、ということがわかった。具体的にどういうことなのかはわからなかったけれども、とにかく外でエロいことをさせようとしていることくらいは想像がついた。

そして、見知らぬ街へ着く。
「このへんでいいな」
そこそこ広めの駐車場に車を停め、宏明はドアを開けた。
「ここどこ?」
「さあ、よく知らねえけど、でかい公園だ」
「公園?」
「お前はこいつに着替えてからだ」
自分に続いて車を降りようとする葵を宏明は制止する。
「え?」
「あと、もうひとつ指示がある」
宏明は葵の耳元に口を寄せ、小さくつぶやいた。
「は⁉」
「いいな、ちゃんと命令に従えよ」
「で、でも」
「でもじゃないだろ。返事はハイだけだ」
「……はい」
「よろしい」

そして数分後……。

車から葵が降りてきた。

駐車場の壁にもたれかかりながら葵を待っていた宏明は、視線を上げて葵を見る。

「おせーよ」

「着たわよ」

「おお～♪ いいね～。エロいな(笑)」

若干不機嫌そうにしていた顔が、途端にほころぶ。

そんな宏明をジト目で睨みながら、葵は短いスカートを手で押さえていた。

「なんなのよこれ」

葵は恥ずかしそうに頬を染めていた。それも当然だろう。なにしろ彼女が身につけていたのは、うっすらと肌が透けてしまうほど薄手の白いキャミソール一枚。サイズが小さめなのか、ピッタリと張り付いて身体のラインも露わになっていた。

「で、肝心の命令のほうはどうだ？」

ジロジロと宏明が葵の胸のあたりを見る。

ポチッと浮き出たある部分に、宏明はニヤリと笑う。そしてもうひとつのことを確かめようと、宏明が葵のスカートに手を伸ばした。その瞬間――

「きゃっ」

一陣の風が吹き抜け、葵のスカートをピラリと捲り上げた。
「よしっ。指示どおりノーパンノーブラだな」
スカートの下から現れたのはキャミソールと同じ色の白い下着……ではなく、葵の肉付きのいいヒップそのものの肌色だった。

「あ、あれ」
「うわー、すっげー」
宏明は、薄布一枚の葵を連れて公園に向かって歩き出した。人通りはそれほどなかったが、まるっきりの無人というわけではない。すれ違った学生たちが、葵の姿を見てヒソヒソと言葉を交わし合っていた。
「みんな見てくる……恥ずかしい」
葵は顔を伏せ、できるだけ目立たないようにしていた。しかし彼女のエロい肉付きの身体とその服装がそれを許さない。すれ違う男たちは、みな一様に彼女をジロジロといやらしい目で見ていた。
宏明は自慢げに彼女の腰に手を回しながら歩いている。
「そらこんな格好してたらなあ。それに……」
ジッと宏明が葵の胸元を見る。

「だいぶ汗かいてきたな。そんなに汗かくと……」

「え？」

「肌が透けて丸見えだぜ」

「や、やだ」

宏明に指摘され、ただでさえ薄く透け気味だったキャミソールが、さらにスケスケに変化しつつあることに気づいた葵。どうにかしてそれを隠そうと身体を捻ったりするが、動けば動くほどその薄布は身体に張り付いてきて、よりいっそうエロい身体のラインを浮き上がらせてしまった。

「くくっ。観念してみんなに見せびらかしてやれよ」

「でも……」

「どうせ目的地はもうすぐだ。それまでのしばらくの辛抱だよ」

「ううう」

立ち止まりそうになる葵の肩を抱き、半ば強引に歩を進めさせる宏明。時々すれ違う視線にクラクラしながら、葵はなんとか宏明についていった。

そして、宏明の言う目的地に到着する。

「え？　ここなに？」

「公衆便所だよ。知ってるだろ？」

「それは知ってるけど……」
「ほら、入った入った」
「まさかアンタ……」
「なんだ？　もしかして外でずっとその格好見られていたいのか？」
「いいから入れよ、ほれ」
「くっ」
「あっ」

腕を取られ、半ば強引に多目的トイレに連れ込まれる葵。
宏明は葵とともに中に入るとガチャリと内側から鍵を掛けた。
「どうだ、思ったよりキレイだろ」
「うん……そうだけど……」

宏明がしようとしていることを予想しているのか、やや警戒気味な葵。
とはいえ、葵に抗う術があるわけはなく……。

「きゃっ！」

強引に壁に手を付けさせられると、キャミソールを思い切り捲り上げられてしまった。
「や、やっぱりアンタ……こんなとこで……ひっ！」
じゅるるるっと宏明が葵の秘部に口をつけ、舐めはじめた。

「そんな、いきなり……あっ、やっ、はっ、あっ……きたな、い……あんっ!」

暑い夏の日中、駐車場からそれほど遠くないとはいえ徒歩でココまで歩いてきた。キャミソールが透けてしまうほど汗をかいた葵。当然のことながら、そこも汗でしっとりと湿っていた。

「すげえ濡れてると思ったらこれ汗か。いつもよりかなりしょっぱい味がするぜ」

ぐいっと手の甲で自分の口を拭いながら、宏明が感想を述べる。

「ううっ……仕方ないじゃない。外あんなに暑いんだから」

「ま、夏だしな」

言いつつ宏明もズボンを脱ぐ。当たり前のようにそこは、固く勃起していた。

「へへへ。実はその格好のお前と一緒に歩いてるだけで、こんなになっちまったんだぞ」

「……」

首だけで振り向き、ジト目で宏明を睨む葵。

「なんだよ。嬉しくないのか?」

「う、嬉しいわけないじゃない。私はアンタと違って、そんな変態じゃないんだから」

「はいはい。そういうことにしといてやるよ。今のうちはな」

「あっ!」

言いながら、宏明がバックで葵の中に挿入する。

「んんんっ! そんなまたいきなりっ! あ、あ、あ、あ、あ」
「なんだ、気づいてなかったのか? お前の中、けっこう濡れてたぞ」
「ち、違う……それは、汗で……んっ、んっ、んっ、あっ、あっ、あっ」
「汗じゃねえって。確かに汗もけっこうかいてたけど、違う汁も中から溢れてたぞ」
「うそ……んんんんんっ」
ウソではないことは、入れられている葵が一番よくわかっていた。
宏明にそれなりに開発されていたとはいえ、濡らしもせず急に挿入されたら痛みが走るに決まっている。それなのに今は、ごくスムーズに挿入されてしまった。
つまりそれは、自分のそこがすでに準備できていたということに他ならない。
「あっ、あんっ! ん、ん、ん、ん」
パンパンパンパンと小気味よいリズムを刻みながら、宏明が葵の中を責める。
洗面台に手をついて自分を支える葵は、目の前に鏡があることに気づいた。
(やだ……私すごい顔してる……こんなとろけたような顔して……こんなのに気づかれたら、またアイツに……)
「(笑)」
「ッ!」
当然、宏明はそれに気づいていた。

ぐいっと葵の片脚を上げさせ、体位を少し変える。一直線に開かれた葵の股間は、それまで以上の締め付けで宏明を気持ちよくさせた。
「おおっ。今日はやたら締まりがいいなっ。見られてそんなに興奮したか?」
ズブズブとそれまでよりややゆっくり目にピストンしながら、葵の感触を奥まで味わう宏明。
「ち、ちがっ……んんんんっ。そんなんじゃ、ない……あっ、あっ、あっ」
否定する葵。しかし言葉とは裏腹に、『見られて』という言葉に反応して、葵の中はギュッと強く宏明を締め付けてしまう。
「そーかそーか。お前露出癖があった

のか♪　じゃあ今度は青姦デートでもするかー」
「ううううっ」
　言いながら宏明はスパートをかける。
「んっ、くっ、うっ、ふっ、んっ、んんんんっ!」
　背後から宏明に押され、鏡に顔をピッタリつけるような体勢になってしまう葵。吐き出す息の熱さに、鏡が白く曇りはじめる。
「やっぱ興奮してるな、お前。いつもより中がすげえ熱いぞ」
「ち、がう……そんなこと……あああああっ。そんなこと、ないっ……んくうっ」
　言いながらも、実はそうなのかもしれないと葵はうっすら思ってしまった。
　ここは公園のトイレ。そんな場所で私は犯されている。
　元カレで彼氏の兄で、盗撮DVDで私を脅すようなひどい男に。
「んはあああっっっ!!!」

思うだけで、興奮が加速してしまった。高ぶる身体は、一気に絶頂へと押し上げられてしまった。

「って言ってる俺も興奮してるんだけどなっ。くぅっ！！！」

ズズンと宏明が一番奥深くまでペニスを差し込み、葵とほぼ同じタイミングでこちらも絶頂に達した。

「はぁ、はぁ、はぁ、はぁ」

荒く息を吐きながら、宏明がペニスを引き抜く。

ドプッと気泡がはじけるような音を立てながら、葵の中から精液が溢れてきた。ピクピクと震えながら、葵は洗面台にぐったりと身体を預けるようにしている。そして鏡越しに、宏明のペニスから精液の残滓がポタポタと垂れるのを眺めていた。

三幕 それに従うワタシも最低

そしてまた別の日。

宏明とあんな約束をしたとはいえ、葵は四六時中拘束されているわけではなかった。

今日は本来の相手である和樹と、彼の家でおうちデートと洒落込んでいた。

「あはは、なにあれ。変なのー」

「変じゃないってば。あれは、ああいう能力なの」

「だって手から糸が出てるよ？」

「クモの能力を持ったスーパーヒーローなんだってば」

「ふーん」

ごく普通のカップルのように並んでカウチに腰かけ、ポップコーンをつまみながらレンタルしてきたDVDを楽しむ二人。映画の内容は、これまたごく普通のカップルが楽しむような、ありきたりな海外の娯楽大作映画だった。ところが、そこに邪魔者が現れる。

「ん？ 今日はおうちデートかな？」

ビクッと葵が震えた。

声に反応した和樹がドアのほうを振り向くと、そこには宏明の姿があった。

(え、いたの？　今日は誰もいないはずじゃ)

葵は驚きを押し隠すように、今日は映画に集中しているふりをする。

「兄さん出かけたんじゃなかったっけ？」

「いや、デートの約束だったんだけどな。寝坊したからキャンセルした」

「また！？」

「しゃーないだろ。昨日夜中までいろいろ忙しかったんだから」

ビクッと葵が震える。当然ながら和樹には秘密だが、その宏明の忙しかったという出来事には、彼女が関係している。

「ってかお前またこの映画観てるのか？　好きだな〜」

宏明が、カウチの背もたれ越しに二人の間に割り込んでくる。

「ちがうよ。これはスピンオフ」

視線は画面にやったまま、和樹が宏明に答える。

「スピンオフ？」

「そう。この映画は、いつものあの映画のサブキャラが主人公なんだ」

「へー」

二人が話している間に、葵は気づかれないようにこっそりと宏明から距離をとろうとし

た。しかし、そうは問屋が卸さない。

「っ！」

いつの間に回されたのか、宏明の手が葵の胸に伸びていた。

「ば、ばか……カズ君に気づかれちゃう」

ひそひそ声で抗議する葵。しかし宏明はニヤッと笑うだけで手を離そうとはしない。それどころか、葵にいたずらしたままでさらに和樹と会話を続けようとする。

「ん？　なんで別の映画のキャラがいるんだ？　兄さんもけっこう好きなんじゃない」

「あ、気づいた？　お前が何回も見てるから憶えちゃっただけだ。っていうか、あの青い盾のキャラと赤いロボットみたいなやつ、別の映画のキャラじゃないのか？」

「ああ、うん。それはね」

宏明の質問に、夢中になって答えだす和樹。視線は画面に集中したまま、ペラペラと講釈を述べている。その間に宏明は……。

「んっ」

葵をのけぞらせ、カウチの背もたれ越しにぢゅるっと唇を奪う。胸を弄っていた手は、タンクトップをずらして直に乳首を刺激していた。

「というわけなんだよ。それでね」

150

隣では自分の彼女がいたずらされているというのに、和樹は映画の話に夢中だった。画面を指差し熱弁し、身振り手振りを交えながら、兄に自分の好きなものを理解してもらおうと必死だった。

「へぇ～、なるほど～。そりゃ面白そうだな～。俺も見てみようかなー」

ほとんど気持ちの入っていない宏明の返事。しかしそれでも、和樹にとってはこの上なく嬉しい兄の反応だった。

「でしょ！ そしたらさ、兄さんも一緒に見ようよ」

「いいのか？ おうちデート中だろ？」

「いいってば」

「そうか」

和樹が立ち上がる。宏明は一瞬で、葵から手を離した。葵は乱れた服装を瞬時に元どおりにする。

「飲み物取ってくるよ」

「さんきゅ」

和樹が離れた途端、再びカウチの背もたれ越しに宏明の手が葵に伸びる。

152

「あっ」

タンクトップがずらされ、両乳房が露わになる。片手でそれらを弄りながら、もう一方の手はデニムのショートパンツの付け根から秘部を直接刺激していた。

「兄さん座っててよ。僕準備するから」

「おう。じゃ遠慮なく」

背もたれを乗り越え、カウチにどっしりと座り込む宏明。葵は非難の視線を送ってくるが、かけらも気にはかけない。それどころか、葵の頭を抱え込むようにして自分の股間に押し付ける。

「な、なにをっ」

ひそひそ声で抗議してくる葵。しかしそれは、宏明の股間を見れば彼が何を要求しているのかは一目瞭然だった。

「あ、アンタいつのまに……」

「へへへ。はや脱ぎは俺の特技のひとつだからな。とっとと咥えてくれよ。カズが戻ってくる前になっ」

「くっ」

「兄さんはなに飲む?」

キッチンで冷蔵庫を開けながら、和樹がリビングに向かって声をかけてきた。

「んー、コーラでいいや。氷入れてくれ」

「はーい」

「んっ、んんっ、んっ、んっ」

カウチの影に隠れるようにしながら、持てる限りのテクニックを駆使していた。

とっととイかせてしまおうと、宏明のペニスを咥える葵。

「くっ、すげ……」

タマを揉みながら、バキュームを仕掛ける葵。それでいて音が漏れすぎないように、細心の注意を払っていた。

「お、おぉ……また一段と……フェラがうまく……うううっ。やっぱ才能あるわ、お前……」

「んっ、んっ、んっ……はあ、はあ、はあ。カズ君戻ってきちゃうから。早くはやくイッて」

「わーってるって」
「あむっ……んっ、んっ、んっ……じゅるっ、じゅるるるるっ」
「くっ！」
 ゾクゾクっとした快感が宏明の背筋を走り抜ける。
「葵ちゃんは？ 飲み物いる？」
 遠くから和樹の声が聞こえてくる。しかし、宏明のペニスを咥えている葵には答えることができない。
「んっ、んんんっ」
 ドプッと宏明が葵の口の中で射精した。葵に精液を飲ませながら、代わりに宏明が和樹の問いかけに答えた。
「彼女さんは、そうだな……ミルクか？ いや、もう飲んでるか（笑）」
「え？」
「いや、なんでもねー。いまはいいってさ」
「わかったー」
 リビングでの出来事にはまったく気づかぬまま、キッチンで兄の注文どおりにコーラに氷を入れている和樹。そんな彼の彼女は、彼の兄の精液をゴクリと飲み込んでいた。

「あー、面白かった」

テレビに映るエンドマーク。薄っすらと黒い画面には、カウチに並ぶ三人の顔が映っていた。その中のひとつ、宏明の顔が何かを思いついたかのような表情になり、和樹のほうを振り向く。

「あっ、そうだ。彼女さん、晩飯食べてきなよっ」

若干シケたポップコーンを片付けてしまおうと口に運んでいた葵は、ギョッとしたあと、余計なことを言わないでという表情を浮かべ宏明を睨みつけた。

しかし宏明はそんな葵を無視して続ける。

「今日は弟の当番なんだ。こいつの料理は美味いよ〜。なあ、カズ」

「ナイスアイデア、兄さん」

葵の気持ちにはまったく気づかず、指をパチンと鳴らしながら嬉しそうに立ち上がる和樹。葵は困惑の表情を浮かべながら彼を見上げるが、和樹は意気込みながらキッチンへと向かってしまう。

「ちょっと。どういうつもりよ」

声を潜めながら葵が宏明に詰め寄る。

「どうって、こういうつもりだよ」

「きゃっ」

カウチに葵を押し倒す宏明。すかさずタンクトップを捲り上げ、胸に吸い付く。
「あっ、やだっ……あっ」
「よーしやるぞー!」
彼女の現状にまったく気づかず、エプロンを身に着けてやる気まんまんな和樹。違った意味で宏明のほうもやる気まんまんだった。
「うーし、がんばれー」
片手で器用にズボンを脱いでいく。
葵を押し倒したまま、顔を少しずつ下へと下げていく。
両手で胸を揉みながら、へそから下腹部へ、ゆっくりと舌先で愛撫していく。
「んっ、くっ……んんんっ」
小さなあえぎ声が葵の口から漏れる。
「声出てるぞ」
耳元で囁かれた宏明の声に葵はハッとし、急いで自分の口を押さえた。
「そうそう。カズに聞かれないようにしないとな」
再び宏明の頭が葵の下腹部へと戻っていく。
「ひっ!」
敏感な部分に宏明の舌が触れる。

ペチャペチャと卑猥な音を立てながら、宏明がそこを舐める。
同時にキッチンから、カチャカチャと和樹が何かを調理している音が聞こえてきた。
「弟の愛情たっぷり手料理楽しみにしててね〜、彼女さん♪」
言いながら、宏明が葵にペニスを挿入してくる。
「んんんんっ」
くぐもった声が漏れてしまい、葵は手の甲をきつく噛む。
「っと、それは痛そうだな。ほれ」
宏明が葵の口元にクッションを引き寄せてくれた。それを葵は抱きしめるようにして、顔を埋めてできるだけ声が漏れないようにした。
「そうそう、それでいいっと」
「っ、んんっ……あっ、んっ……んっ、んんんっ」
ジュージューというなにかを炒めるような音を聞きながら、宏明がしばらく腰を振る。
テレビはいつの間にかDVDが止まったのか、通常の番組放送に切り替わっていた。
「そろそろ一発目いくぞ」
「っ!」
「ほい、出るっ」
「んっ」

ビュルルっと宏明のペニスが葵の子宮に精液を送り込む。葵はビクビクと小さな絶頂を感じながら、その感触に身を震わせていた。

「料理ができるまで、兄の新鮮な生ザーメンをごちそうするよ。下のお口にな(笑)」

言いながら宏明は、つながったままの葵の身体を軽く持ち上げる。

「っ!!」

驚く葵にシーッと声を出さないように指示しながら、背もたれの方向に自分たちの顔が向くようにする。

「ん～♪　いい匂いしてきた～」

背もたれから上半身だけ出しながら、宏明がキッチンに向かって声をかける。

料理中の和樹は振り向かずに答えた。

「もうすぐできるからねー」

和樹の声が、背もたれの影に隠れている葵の耳

にも届いてくる。

両手を口で塞ぎながら、必死でやめてと無言で宏明にアピールする。しかし宏明はそんな葵を面白がるような表情で見下ろしながら、再び腰を動かしはじめた。

「んっ、んっ、んっ、んっ、んっ」

先程の精液がかき混ぜられ、グチュグチュとした音がさらに激しくなる。テレビの音と料理の音に紛れてはいるが、それが和樹に聞こえてしまうのではないかと葵は気が気でない。

しかし、その緊張感がいつも以上の締まりを葵の膣に与えていた。

そしてそのいつも以上の締まりが、宏明の射精を促してしまう。

「ほいっ、二発目」

「んんんんっ！」

ビュルビュルと容赦なく子宮に再びの精液が注ぎ込まれていく。

「できたよ兄さん。運ぶからテーブルの上片付けておいて―」

「こっちもちょうど出来上がったよ～♪ 上の口にもご馳走しちゃおっかな（笑）」

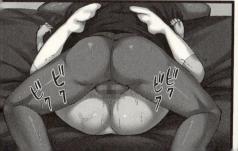

キッチンで和樹が料理を盛り付けている音がする。葵は宏明を押しのけるようにすると、急いで身支度を整えた。溢れそうになる精液は、無理やり下着とデニムのショートパンツで抑え込んだ。

「はーいおまたせ」

料理の乗った皿を運んできた和樹は、キョトンとした表情を浮かべる。

「あれ？ なんか二人とも、汗かいてない？ クーラー効いてない？」

「ん？ ああ、そういえばいつの間にか止まってたな。気づかなかった」

「え、映画観てる間に止まっちゃってたのかも」

「あはは、そっか」

二人の言葉にこれっぽっちも疑問を抱かない和樹。カウチのところどころにあるシミにも気づいていないのかもしれない。

「料理してたからこっちも暑くなったのかもな」

テーブルの上を片付けながらクーラーのスイッチを入れる宏明。隣の葵は、できるだけ動かないようにしながら額の汗をハンカチで拭っていた。少しでも動いたら、膣から精液が溢れ出てきてしまいそうだったから。

「葵ちゃんの口に合うといいな。そういえば僕の料理、はじめてだったよね」

「う、うん」

「大丈夫だって。カズの料理はマジ美味いから」
「あはは。だといいな」
「それじゃあ食べようぜ」
「うん。いただきます」
「いただきます」
こうして、奇妙な三人での夕食がはじまった。
「やっぱ美味しいな。彼女さんもそう思うだろ?」
「う、うん。そう……だね」
「おかわりもあるからね、遠慮しないでね」
「うん」
たぶん和樹の料理は美味しいのだろう。
葵は、和樹と宏明の表情からそう思っていた。
しかし、葵には何を食べても、宏明の味にしか感じられなかった。
口の中に若干の精液が残っていたのと、子宮の中にたっぷり出された二発分の精液のことが気になって仕方がなかったのが、その原因だった。

四幕 せっかくの夏なのに

こうして夏休みの間じゅう、葵は宏明に毎日のように犯された。本来の相手である和樹よりも何倍も顔を合わせ、何倍もセックスをした。

海水浴に行ったときには……。

「今日はどこに連れて行くつもりなの……?」

「海! 夏といえば海でしょ!」

強引に宏明に車で連れ出され、まるでヒモ同然なビキニを着せられた。

「こ、こんなの周りと同じじゃない……む、無理ぃ……」

「おら、もっと周りにアピールしろよ。セックス漬けの淫乱ボディをさ(笑)」

口では嫌がっていたが、調教済みの葵の身体は周りからの視線に簡単に反応してしまった。ムチムチとした身体は熱を帯び、オマンコはキュンキュンと勝手に濡れてきてしまう。

「もう……いいでしょ?」

「はぁ? 楽しい海水浴は始まったばかりだぞ? 海でたっぷりマンキツしようぜ♪」

ゲームと称して、パラソルの影で犯された。
「あっ、あっ、あんっ、おっ、んっ」
「いきなり先にイッてんじゃねーよ!! 俺をイかせるゲームだろ!?」って、イキ膣ヤべっ。イク!! 出すぞっ♥」
いつものように生中出しを余裕でされ、結局二発の精液を子宮に注がれてしまう。
そのあとはこっそりとついてきた若い子たちの覗く中、彼らにレッスンでもするかのように岩場で青姦ファックされてしまった。
「どうだお前ら、これがフェラチオだ」
「うわー。すげー」
「これを女に仕込めばオナニーなんてバカらしくなるぞ♪」
当たり前のように宏明から声をかけられ、

隠れていた彼らは少しずつ葵のほうへと近づいてくる。
「ちょ、ちょっと……何する気?」
「なにってナニだよ」
「はあ?」
「ほ〜ら挿入るぞ〜♥」
「うわっ、すげ!」
「あんなの入るのかよ」
「僕もチンコ固くなってきちゃった」

衆人環視の中、ズブズブと葵のオマンコに宏明のペニスが挿入される。

「入った!」
「すげ!」

若い連中は、ジロジロと葵と宏明の合体部分を無遠慮に見つめている。

「どうだ見られるぞ。興奮するだろ?」
「ううっ……そんなこと、ない……」
「うそばっか。マンコはめちゃくちゃ締まってるぞ」

「くううっ」

そのあと結局流れで葵はギャラリーの連中のペニスも舐めさせられてしまった。

宏明に挿入されながらの連続フェラ。

宏明にたっぷりと中出しされ、名前も知らない若い子たちの精液をたっぷりと身体に浴びる。

海にも入っていないのに、葵の水着はグチョグチョになってしまった。

カラオケに行ったときには……。

「よーしそれじゃあ早速挿入するぞ」

「は？」

「一曲歌い切るまで中出しセックスだからな」

「ちょっ、ちょっと。そんなの……あんっ！」

マイクを持ったまま犯され、結局時間切れまで中出しされっぱなし。

会計のときには、中に出された三発の精液が出てこないようにしっかりと膣を締めておかなければならなかった。

「お会計、こちらになります」

「えーっと、それじゃあ一万円で」

「一万円入りまーす」

「くくっ。一万円入るだってよ。お前のアソコにも一万円入るか試してみようか」

「ば、ばか」

ひそひそ声で話しかけ、葵の集中を途切れさせようとする。努力に努力は重ねたが、結局とろりと一筋の白い液体が太ももを濡らしてしまった。

「くんくんくん」

「あれ、どうかしました？ お客様」

「いや、なんかちょっとにおうような……」

「そうですか？ くんくんくん」

「ッ！！！」

「いや、俺の気のせいだったみたいです。じゃ、また来ます」

「ありがとうございましたー」

遊園地に行ったときには……。

「ママ……アレなにしてるの？」

「⁉　見ちゃいけませんっ！」

二人で乗った観覧車で公開生セックス。隣の観覧車から丸見えなのが、葵をいつも以上に興奮させた。

「や、やめっ……」
「てほしくない、だろ？」
「そんなこと……」
「わかってるって。お前は見られて燃える。そういう変態マンコだもんな」
「んはああっ！」

花火に行ったときには当然のごとく青姦。ドーンと鳴る花火の重低音が、子宮の奥まで感じさせてくれた。

「たーまやー」
「んはぁっ！」
「かーぎやー」
「んくうううっっっ！！」

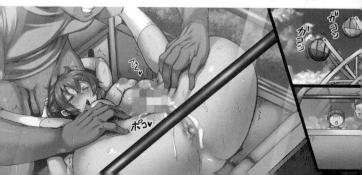

大輪の花が夜空に咲くたびに、葵の子宮にも大量の精液が注がれる。

結局、葵の夏休みの思い出は、宏明に塗りつぶされてしまった。

和樹との思い出は、まだほとんど作れていない。

夏休みが終わるまで、残り一週間を切っていた。

五幕 そして夏が終わる

夏休みも残すところ一日。

つまり、葵と宏明の今の関係もこの日が最後、という約束だった。

「それじゃあ今日の命令な」

「わかってるわよ。どうせセックスするんでしょ？ どこ？ カラオケ？ 遊園地？ それとも今まで行ってないところ？」

「なんだよ。そんなに変わったセックスがしたいのか？」

「したいのかって、全部アンタの好みじゃない」

「チッチッチ。違うな。全部、お前の好みだ」

「ふんっ」

「っていうか、外見てみろよ。今日は、ここで一日セックスだ」

「ここって……ラブホテル？」

宏明が車で葵を連れてきたのは、郊外のラブホテル。

いつものようにアブノーマルな場所を想像していた葵には、少し拍子抜けだった。

ホテルに入り、普通の恋人のように二人で部屋に入る。
シャワーを浴び、身体を綺麗にしてからベッドで抱き合う。
「なんか……変なの」
「変なのが好きなんだろ？」
「そういう意味じゃなくって」
「わかってるって。変態なお前にはこれが変に感じるんだろ？　でも、これが普通のラブセックスだぞ」
「ちょっ……変にしたのはアンタじゃない」
「まあな」
「あんっ」
　背後から葵を抱きしめ、唇を奪う宏明。それはいつもの乱暴なものとは違い、限りなく優しいキスだった。
「んっ、んっ……」
　レロレロと宏明の舌が葵のそれと絡み合う。
「はあはあ、っ、あっ……」
「こういうのでもちゃんと感じるんだな」

「あ、当たり前じゃない」
「カズとはこういうのしかしないんだろ?」
「ちょっと。ラブラブセックスなら、カズ君のことは言わないのがマナーなんじゃないの?」
「ははは。なるほど、これは一本取られたな」

まるで本当に恋人同士であるかのように、宏明の表情もどこか柔らかい。言葉遣いまで

もが柔らかくなっているのは、雰囲気作りのためにわざとやっているのか、それとも空気に飲まれていつの間にかそうなってしまっているのかは、宏明自身にもわからなかった。

とにかく宏明は、今日一日は葵のことを恋人のように思ってセックスすることに決めていた。宏明の思う恋人のように、という但し書きは付くが。

「さて、それじゃあまずはフェラからだな」

立ち上がり、葵の眼の前に勃起したペニスを差し出す。

「あ……いつもよりも大きい、かも」

ギンギンに勃起したそれを見つめながら、思わず言葉が漏れてしまう葵。

そんな葵の顎に手をやり、ペニスを顔に押し付けるようにしながら葵に行為を促す。

「丁寧にな♥ これからお前を気持ちよくしてくれるチンコなんだから」

はあはあと葵の息が荒くなってくる。

ごく自然に興奮しながら、葵は宏明のペニスに唇をかぶせていった。

「んっ、んんっ……レロレロレロ……じゅぷっ、じゅぷっ……んっ、んっ、んっ」

「おおっ、エロっ」

たっぷりと唾液を溜めた口にペニスを含み、いやらしい音を立てながら葵がペニスを舐める。言われなくても加えられる激しいバキュームに、宏明は早速軽い射精感を覚えてしまった。

「なんだよノリノリじゃん。エロいねー♪」

フェラチオしているうちに気分が高まってきたのか、葵は指示されるまでもなく宏明の身体を愛撫しはじめる。

片手でペニスをしごき、もう片方の手は乳房を押し付けながら太もものあたりを乳首でサワサワと刺激していた。

「物欲しそうな顔が最高だぜ♥ ご褒美にすぐチンコ突っ込んでやるからな」

はあはあという葵の熱い吐息が宏明の胸板をくすぐる。

宏明は片手を伸ばして葵の股間をまさぐった。

「んんんっ」

「おいおいすげーな。もうビショビショじゃねーか。ちょっと触っただけでシーツにシミができるくらい汁が垂れてきたぞ」

「はあ、はあ、はあ。あむっ……んっ、レロ……ちゅっ、ちゅっ、ちゅっ」

葵は宏明のその言葉に答えることなく、ペニスに舌を這わせている。

「なーるほどな。もう我慢できない感じか。それじゃあとっとと挿れてやるかな」

「あっ」

やや乱暴に葵をベッドに押し倒す。そして覆いかぶさりながら、すばやく手慣れた様子でマンコに挿入していく宏明。

「おら!　定位置♥」

「びっ」

ずぶりと一番奥まで一気に宏明のペニスが葵を貫く。突き抜ける快感に、葵はすでに白目をむきかけていた。

「おらおらおらおら。これが好きなんだよな。ええ?」

「んっ、ぐっ!　うううううんっ……んっ、はっ、あっ、はっ、あっ、ああんっ」

グチュグチュと葵のマンコが宏明のガチガチペニスで蹂躙される。濡れすぎなほどに濡れていた秘所からは、押し出された蜜がビチャビチャと周囲に飛び散っていた。

「はっ、はっ、はっ、はっ、んっ、んっ、はっ、んっ、んんんんーーっ!!」

さっそく一度目の絶頂を迎える葵。その葵にひっぱられるように、宏明も一度目の射精を子宮の奥へと打ち込んでいた。

「はあ、はあ、はあ……出てる……♥」

「いいか?」

「気持ちいい……♥」

繋がったままで、舌を絡ませ合う葵と宏明。スタミナ十分な宏明のペニスは萎れることなく、射精直後だというのにゆるやかにピストンを再開していた。
「あっ、んんっ……んんんっ」
パンパンと肉同士のぶつかる音に、ピチャピチャと舌が絡み合う音が混じる。
「弟のチンコじゃ膣内をこんなに激しくかき回せないもんなぁ？」
「だめぇ……言わないでぇ……」
「イってもイってもピストンし続けてザーメン出しまくって、精液ピストンで子宮も犯して、なんてしてくれないもんなぁ！」
「んはああっ！！」
宏明の動きがどんどん加速していく。たっぷりと精液を注ぎ込んだ子宮をゴンゴンとノックし続け、中から溢れた精液をかき回していく。
「こんな……んはあっ……こんなのって……あっ、あっ、

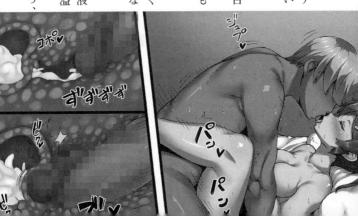

あっ、あっ……わたしの子宮が、精液で……んふぅぅっ……精液で溺れちゃうううっ!! イっちゃううううっっっ!!!」
「溺れればいいさ。もっとたっぷり……今日は一日じゅう中出ししまくってやるからな」
「んっ、あっ、あっ、あっ……だ、だめぇ……あっ、またイく!! イっちゃうううっっっ!!!」
「んんっ!」
ビクビクッと葵が絶頂に達する。つま先をギュッと丸めながら、その腕は宏明の背中に回されギュウッと抱きついている。
「あ、あ、あ……また、出てる……!」
「まだまだ終わらないからな。そらっ!」
「ああんっ! ま、待って……まだ……んはあああっっっ!!」
出したばかりのペニスでさらに葵の中をかき混ぜ、宏明は抜かずの三発目へと突進していく。拒絶することもできないまま、葵はそのまま宏明に引きずられ、絶頂に絶頂を重ねて自分が何度イったかもわからないくらいイかされまくってしまう。
「は、はあ、はあ、はあ、はあ」
「う……あ……あ、ああぁぁ……はあはあ……んっ、んはぁぁ」
六発目の精液を葵の中に注ぎ込んで、さすがの宏明にも疲れの色が見えはじめた。

葵はすでに朦朧として、息も絶え絶えになっている。
宏明にしては珍しく一発目からずっと同じ体位のままで動き続けたせいか、ベッドのシーツには二人の形に飛び散った精液や愛液で地図ができていた。
「なぁ……これからもこの関係続けようぜ……?」
クイクイとゆっくりめに腰を動かしながら、宏明が葵の耳元で囁きかけた。
「んんんっ……だ……めぇ……」
かすれた声で葵が拒絶する。それが宏明の問いかけに対してなのか、それとも止まらない宏明のピストンに対してなのかはわからない。だがともかく、宏明はその言葉を無視してさらに続けた。
「もうわかってるだろ？　俺たちの身体の相性は最高だって……」
「あっ、イくっ!!」
ビクビクビクと再び小さな絶頂が葵に襲いかかった。宏明も少しイきそうになったが、さすがに七発目ともなるとそう簡単にはイかない。
「弟のセックスでイけなくなってるの知ってるんだぜ?」
首筋を舐めながら宏明が続けた。
「んぅうぅっ……いやぁ……言わないでぇ……」
言葉とは裏腹に、葵の足はガッチリと宏明の身体をホールドしている。絶頂の連続でヒ

179　第二部　私を調教した元カレは恋人のアニキ

クヒクと震え続けるマンコに、宏明がついに七発目の精液を発射した。
「くぅっ、イくっ」
ドピュッと宏明にしては少なめの精液が葵の子宮へと注ぎ込まれる。さすがにここまでくると、気持ちいいだけでなく若干の苦痛が混じりはじめていた。それでも、女の身体に精液を注ぎ込むという悦びはまだまだ伴っている。
「なぁ……弟とはこれからも恋人として付き合っていけばいい。ただ身体は……な?」
優しくキスをしながら、宏明が葵を口説く。
その言葉は甘く切なく、葵の心を蕩かしそうだった。
だが……。
「イヤ……ダメェ……そんなこと……ダメだよ……」
葵の頭の中に残っていた、ほんのカケラほどの理性が、宏明のその誘いをなんとか撥ね退ける。
「そうか……残念だよ。それじゃあこれでお別れか」
チュッと宏明が葵の頬にキスをした。

唇ではなく、頬に。

それまで何度も交わしたディープなキスではなく、限りなく軽い挨拶程度のキスを。

「ありがとよ。最高の夏だったぜ。お前ほどの女は他にいなかったよ」

そうして、葵と宏明の関係が終わった。

葵にとっては、待ちに待った解放の瞬間……のはずだった。

六幕　フラッシュバック

　葵が待ち望んだ平穏がようやく訪れた。
　夏休みは終わってしまったが、夏そのものが終わったわけではない。残り少ない暑さを惜しむかのように、葵は和樹と時間を惜しんでデートに勤しんだ。
　夏休みの間あまり会えなかったのは自分の部活のせいだと思っていた和樹は、できるかぎり葵の希望を叶えてくれた。葵もまた、思い出の上塗りをするかのようにいろんなところに和樹と出かけた。

　そして、宏明は……。
　あれ以降、本当に葵に近づくことはなかった。ときおり葵たちがおうちデートをしているところに遭遇しても、会釈程度で余計なことは話しかけず、再び葵を脅すなどということは決してなかった。

「今日はどこに行くの？」

「今日はね、海に行こうと思うんだ。まだまだ残暑は厳しいし、もし泳げなくても海ならいろいろ遊べると思わない？」
「うん。いいアイデアだね」
週末、葵は和樹と海に出かけた。
少し歩くだけでも汗ばむような陽気。
夏休みが終わったとはいえ、ウィークエンドの海水浴場はたくさんの人だかりだった。
「あはは──。ほら行くよー」
「はーい」
波打ち際で、ビーチボールで遊ぶ葵と和樹。多少は暑さも緩んだが、まだまだ夏真っ盛り。海に入って遊ぶには、ちょうどいいくらいの陽気だった。
「こ、こんなの裸と同じじゃない……む、無理ぃ……」
『おら、もっと周りにアピールしろよ』
「どうかした、葵ちゃん」
「え？」
「なんかボーっとして。はい、飲み物買ってきたよ」
「う、うん。ありがとう」

和樹との海水浴は、葵にとってこの上なく楽しいものだった。ときどき、チラチラと余計なことを思い出してしまうことはあったが。

「ほげ〜♪」
「あはは―、カズ君って意外と音痴なのね」
「やだなー、わざと下手に歌ったんだってば」
「そうなんだー(棒)」
「あー、信じてないな。じゃあ次は僕の得意のバラードで惚れ直させちゃうから」
「ふふふっ。期待してまーす」
「うん。期待されます」

学校帰りはカラオケデート。いかにも学生の恋人同士といったデートも、もちろん二人は楽しんだ。

「ねえねえ、今度はデュエットしようか」
「いいねー。葵ちゃん、どれなら歌える」
「えーっと」
「よーしそれじゃあ早速挿入するぞ。一曲歌い切るまで中出しセックスだからな」
「葵ちゃん?」

「えっ?」
「だいじょぶ? 気分でも悪くなった?」
「う、うぅん。大丈夫だよ? なんで?」
「いやなんかちょっと……うーん。よくわかんないや」
「ふふふ。変なカズ君」
プルルルル～。
受付からの連絡が二人の時間を遮る。
「あ、もう時間みたい」
「じゃあデュエットはまた今度ね」
「うん」

そして、また別の休日には……。
「葵ちゃん、葵ちゃん。今度はアレ乗ろうよ。アレ」
「えー、また絶叫マシン? 私ちょっと疲れちゃった」
「あ、ほんとに? ごめんごめん。ちょっと僕はしゃぎすぎだね」
「少しだけ座って休も。絶叫マシンは逃げないから」
「うん。そうだね」

ド定番の遊園地デートをする二人。はしゃぐ和樹が葵を朝から連れ回し、お昼を過ぎるころには、葵が先にバテてしまっていた。

「ふぅ……。やっと座れた」

「ごめんね葵ちゃん。僕、遊園地なんて久しぶりでテンション上がりすぎちゃった」

「あはは。大丈夫だよ、私もちゃんと楽しかったから。ちょっと疲れちゃっただけ」

「それじゃあちょっとゆっくりしようか。僕、なにか飲むものでも買ってくるね」

「うん」

ベンチに一人残される葵。休みながら、視線で和樹を追っている。

(やっぱりカズ君は優しいし、一緒にいると楽しい。私はカズ君が好きだ)

自分の気持ちを再確認する葵。その気持ちに嘘がないということは自分でもわかっていた。でも……。

「ママ……アレなにしてるの?」

「ッ!!!」

「今からパレードがはじまるのよ。それであの人たちは、見やすい場所で見たくて場所取りをしてるの」

「ふーん」

「……」

見知らぬ親子の会話。なんでもない会話のはずなのに、葵は胸がドキドキしてしまった。
（違う……べつに私は……でも……）
思考の渦に飲み込まれかけた葵のところに、和樹がソフトクリームを両手に持って戻ってきた。
「葵ちゃんおまたせー」
「おかえりカズ君。って、あれ？　ソフトクリーム？」
「あはは—。飲み物買いに行ったんだけどさ、こっちもすごく美味しそうだったから。葵ちゃん、ソフトクリーム好きだったよね」
「うんっ。憶えててくれたんだ」
「当然だよ。だって、僕の彼女の好物だからね」
「あははー」

このあと、二人は観覧車に乗った。
葵は少しドキドキしたが、あのことを思い出したりはしないで済んだ。
頭にあのときのことなんて、これっぽっちも思い浮かんだりはしなかった。
ただ少し、アソコが湿ってきてしまったりはしたけれども。

「葵ちゃん……好きだよ」
「うん。私もだよ、カズ君」
当然のことながら、二人はセックスもした。家には宏明がいるために、ちょっと奮発してラブホテルに行ってみたりもした。いつもと違う環境でのAVに鼻血を出してしまったり、はじめてのセックスに、和樹は今まで以上に興奮したり、興奮しすぎて失敗もしてみたり、はじめてのAVに鼻血を出してしまったり。とにかく和樹にとって葵とのラブホテルデートは、他のどの場所とも同じくらいに楽しめる予想外のエンターテインメントスポットだった。

もちろん葵にとっても嫌な場所ではなかった。和樹と遠慮なくイチャイチャできる。和樹の愛撫に、思う存分声が出せる。和樹のいろいろなところを、思いっきり気持ちよくしてあげることができる。和樹との関係を、これまで以上に進めることのできたとてもいい場所だった。

「ふぅ……気持ちよかった。葵ちゃんもよかった?」
「うん。もちろん」

ことが終わり、二人で抱き合って目を閉じる。絶対に邪魔の入らないラブホテルならではの安らぎの時間。和樹にとって、このまったりとした時間もまた、幸せの一部だった。

ときには、このまま少し眠ってしまうこともあった。
　でも、葵にとってはそうではなかった。
（好き……私はカズ君のことが好き……誰よりも誰よりもカズ君のことが本当に大好き）
　隣で眠っている和樹の顔を見ながら、自分に言い聞かせるように心の中でつぶやく。
　和樹とのセックスは、本当に幸せなものだった。心までしっかりと抱きしめられているような充足感を得られた。きっとたぶん、これが愛なんだと葵は思っていた。
（なんでなんだろう……なにかちょっとだけ満たされない。身も心も十分にカズ君は愛してくれてるはずなのに……それなのに……）
「……」
　眠る和樹から離れ、ホテルのトイレへ。声が漏れないよう、しっかりとドアを締める。
「んっ、あっ……ああああ……」
　葵の指は、まだたっぷりと蜜をたたえ、熱の残った秘所へ。
　そのまま指で勃起したクリトリスを、グリグリと刺激しはじめた。
「っ、んっ、っ、っ……んんんっ」
　葵は認めたくないことだったが、もう身体は和樹とのセックスでは満足しなくなっていた。もっと激しく、終わっても終わっても責めてくる無限ループのよう

なセックスを求めていた。

一回戦で終わってしまう和樹に不満はない。その一回にたっぷりと愛を込めてくれていると葵はしっかり認識していた。終わった直後には、本当に心が愛で満されていると思えるようなセックスを和樹はがんばってしてくれている。外したコンドームにたまった精液を見たときに、それをもったいないなどと思ったことはない。でも……。

「んっ、んんっ、んっ、あっ、あっ、あっ、あっ、あっ」

身体の疼きは、一度のセックスでは収まらなかった。

子宮が精液で満たされないことには、ことが終わったとは思えなくなっていた。

和樹とのセックスのあと、こうしてこっそりと自分を慰めることが、葵には習慣になりはじめていた。

和樹は悪くない。和樹はがんばってくれている。和樹だって少しずつセックスがうまくなってきている。葵は、何度も自分にそう言い聞かせていた。

そして、季節はいつしか冬になっていた……。

七幕　ワタシはアイツを忘れられない

「じゃあ、そろそろ私帰ろうかな」
「そうだね。もうじき外、暗くなるしね」
　季節が変わっても、葵と和樹、二人の関係は続いていた。
　付き合いはじめたころのようなラブラブさ加減は多少は収まったものの、お互いの信頼感にも変化し、関係としては一段階深い物へと進化していた。
　セックスのほうも、葵のこっそりとした誘導の甲斐あって、和樹のテクニックはかなりの上達具合を見せていた。
　そして今日もこうして、放課後の時間を和樹の部屋でまったりと過ごしていた。
「にしても、すっかり日が落ちるのが早くなったよね」
「おかげで放課後が短くなったみたい。カズ君との時間が、これじゃあ足りないよ」
「あはは。まあ、冬が終わればまた長くなるよ。それに、もうすぐ冬休みじゃない」
「うん。そうだね」
　冬休みともなれば、恋人たちのイベント目白押しである。今日も葵と和樹は、クリスマ

スや年末の過ごし方について、いろいろ予定を考えたりしていたのだった。
「あ、えーっと」
「ん？」
「そういえば今日って、お兄さんいた？」
「え、どうしたの急に」
「あ、ううん。ちょっと気になっただけ。来るときリビングで見かけなかったし、隣の部屋も静かだったから」
「あー、たぶんまだ寝てるんだと思う。昨日大学のときの友達と、朝まで遊んでたみたいだから」
「ふーん」
 チラリと、葵が和樹の部屋の壁に視線をやる。そちらの方向には、宏明の部屋がある。物音ひとつしないが、和樹の言うとおりならば宏明は寝ているのだろう。夕方のこんな時間だが。
「じゃあ私、そろそろ」
「うん。玄関まで送っていくね」
「また明日」

「また明日学校でね」

バイバイと笑顔で手を振り、葵を見送る和樹。葵は和樹に別れを告げた後、少し歩いてから和樹の家の二階を見上げた。そこには宏明がいる。あの夏休み、葵の身体を好きなように弄んだ宏明が。

「ふー、さっぱりした」

タオルで頭を拭きながら、フルチンで宏明が部屋に戻る。

昨日は朝まで大学時代の友人と遊び歩き、ヘロヘロになって帰ってきたのが昼近くの時間になっていた。そのまま着替えもせずにでバタンキュー。目覚めてみれば外はもう夕焼けで、空が真っ赤に染まっていた。

「つか最近はあんなのもあるのか。オタクのヤツらもやるじゃねーか。なかなか気に入ったぜアニクラとかいうやつ。アニソンだけでもあんなに盛り上がるのな。それに、コスプレねーちゃんもなかなか色っぽかったし」

昨夜のことを思い出して、宏明のペニスが若干頭をもたげてくる。その様子をニヤニヤしながら見下ろし、鼻歌を歌いながら彼は頭をタオルでゴシゴシと擦った。

「ふんふふふーんふ、ふふふふーん♪」

覚えたて故に少し調子はずれなアニソンが、余計に宏明の機嫌の良さを表していた。そ

んな宏明のアニソンを、無粋なノックの音が遮る。
「カズか？」
ガチャッと扉を開けてノックの主が部屋に入ってくる。
それは、宏明の予想とは違っていた。
ドアを開けて入ってきたのは、葵。
和樹の彼女である葵だった。
「お前か。来てたのか？」
素っ裸で応対する宏明。見せつける気もなければ隠す気もない。宏明にとって全裸というのは、そのくらいの意味しかなかった。
が葵でなくても、彼はこんな対応をしただろう。

「……」

宏明の問いかけに、無言で返す葵。
わざわざノックして入ってきたのになんだ？ と、宏明はわずかに不審に思った。しかしそれを顔に出すこともせず、いつもどおりにごく普通に宏明は振る舞った。なぜなら、それが葵との約束だったから。
「ん？ どうした？ もう帰る時間じゃないのか？」

「……」

それでも葵は黙っている。
 しかし、視線が少しずつ上に上がってきた。
 宏明の部屋の床から、宏明の裸足の足へ。
 宏明の裸足の足から、宏明の膝へ。
 膝から太ももへ。
 太ももから……。
「おいおい、どこ見てんだよ」
 ここまで来て、宏明は葵がなぜ自分の部屋に来たのか薄々ながら感づいた。
 とはいえ、それをそのまま受け入れていいのかはまだわからない。
 確信を持つために、彼は少しカマをかけた。
「お前に見られると前のクセでつい……」
 軽く股間に力を入れる。それだけで彼の使いこんだ相棒は、敏感に反応してくれた。
 ムクムクと頭をもたげ、それほど時間もかからずにギンギンに反り返る宏明のペニス。
 葵はそこをジッと見つめながら、目に異様な光を灯らせていた。
「ほーら、勃っちまった」
 葵はそこから目を離せずに、ゴクリと喉を鳴らす。
 反り返り、裏筋を見せつけるようにする宏明のペニス。

「……なるほど」

ギシっとわずかにベッドを軋ませながら、宏明は浅く腰かける。

「そんなとこに立ってないでこっちに来いよ。もっと近くで見ていいんだぜ、ほら」

葵からよく見えるようにと、脚をやや広げる宏明。

ドアのところに立ったままだった葵は、そこを見つめたまま一歩を踏み出してしまう。

しかし、そのあとが続かなかった。

「ん? なんだ。それだけでいいのか? そうやって遠くから見てるだけで、お前は満足するのか?」

宏明がペニスに手を添え、シュルシュルと何度かしごく。

先端から溢れた透明な雫が手のひらでまぶされ、ペニスは怪しくテラテラと濡れ光りはじめた。

「あ……あ……」

「ほれほれ、俺一人で気持ちよくなっちまうぞ? それでいいのか?」

固まっていた葵の身体がプルプルと震える。

近づいてくるか、と宏明がニヤけながら観察していると、その変化は一瞬で起こった。

ごくり…

「おわっ!」
 ダッと葵が身を投げ出すようにして宏明の脚の間に跪く。近距離で、宏明のペニスを隅から隅まで観察しはじめた。
「はあ、はあ、はあ……すご……やっぱ大きい……これ……この匂い……ああ、ああああ……これ、この熱さ……これが……これが……」
 もしかしたら葵との関係はあれっきりで終わりかもしれないと思っていた。しかし、戻ってくる可能性も考えないでもなかった。なにしろ葵は、彼にとっても味わったことのないくらい相性バッチリな身体だったのだから。
「どうした? 夏休み中このチンコで膣内かき回しまくったことでも思い出したか?」
 ややイったような目でチンコを見つめながらブツブツ言っている葵に、さらに煽るように宏明が声をかける。
「おっ」
 思わず宏明の口から声が漏れた。ギンギンに勃起して熱をもったペニスに、ついに葵が頬ずりをしたのだ。そのヒンヤリとした感触が、彼にゾクゾクとした快感を味わわせていた。
「そうかそうか。そんなに俺のチンコが好きか。俺のチンコとお前のマンコ、最高の相性だったもんな……♥」

「はあ、はあ、はあ、はあ」

葵の耳に宏明の言葉が届いているのかどうか、宏明自身も半信半疑だった。それくらい、葵の様子はおかしかった。

「どうだ？ セフレの再契約するか？ 今度は無期限で（笑）。毎日ガチガチンポでマンコズポズポの幸せセックスライフが待ってるぞー♪」

それは、半ば冗談での申し出だった。まさか葵がそれを受け入れるとは宏明も思ってはいなかった。

とりあえず無理めの要求を出し、そこから条件を少しだけ譲歩を引き出す。そんな具合で再び葵の身体を手に入れるつもりだった。

ところが……。

「OKならこのチンコ好きにしていいぞ、どうする？」

「ッ！！」「ハプッ！」

「ぬほっ！」

ドスンと、食いつくような勢いで葵が宏明のペニスに唇をかぶせてきた。あまりの勢いに、宏明がのけぞって壁に頭をぶつけてしまうほどだった。

「じゅぶっ、じゅるっ、ちゅぽっ、ちゅっ、ぢゅるるるるっ」

「おぉおぉおぉ。やべっ、まっ、待て待て‼ いきなりかよ⁉」

宏明が仕込んだバキュームフェラ。もう一度味わいたいと思っていたそれが、いきなり繰り出されてしまった。

「ちょっ、ま……ぬおおっ……そんな……くっ！ 俺もこんなの久々だから……ぬぁっ！」

さしもの宏明もタジタジ。セックスをしていなかったわけではないが、ここまで激しいもの

は久しぶりだった。いつも主導権を握っていた彼が、葵に圧倒されてしまっていた。
「んっ、んっ、んっ、んっ、じゅるっ、ちゅっ、ちゅぽっ……ちゅっ、ちゅっ、ちゅっ、ちゅっ、じゅるるるるるるるるっ」
「くうううっ」
腰が抜けるほどの快感にガクガクと膝が笑ってしまう宏明。ベッドに腰かけていなければ、そのまま床に尻もちをついてしまっていたかもしれない。それくらい、葵の責めは激しいものだった。
「ちょ、ちょっと落ち着けって。隣にカズがいるんだぜ?」
葵の頭を掴み、強引に引きはがす。チュポッと小気味いい音を立てながら、葵の唇が宏明のペニスから離れた。離れる瞬間の真空バキュームが、宏明の尿道から先走り汁をこれでもかというほどに引き出していた。
「あっ」
「ったく。がっつきすぎだっつーの」
物足りなさそうに、ペニスの先端をジッと見つめている葵。そこから先走

り汁がタラーッと垂れると、もったいなさそうに指ですくって口へと運んでいた。
「もう一度確認するぞ。俺のチンコに吸い付いてきたってことは、さっきのOKでいいんだな?」
「⋯⋯」
しかし葵は、ペニスを見つめるばかりで宏明の問いかけには答えない。
「どうなんだ、おい」
問いかける宏明のペニスが、小さく左右に揺れる。
すると葵もまた、それに合わせるように顔を左右に振った。
「⋯⋯なるほど」
宏明はもう一度問いかける。
「俺ともう一度セフレ契約するか? 今度は無期限で。そしたらこのチンコ、思う存分味わわさせてやるぞ?」
そして、チンコを上下に振る。
ガクガクとうなずくように、頭を上下に振る葵。
宏明はそれを見ながら、ニヤニヤと笑った。
「よーし、セフレ契約再締結だ。それじゃあせっかくだし、朝までこんな場所じゃなくてホテルでじっくり楽しもうぜ。祝セフレ復活記念ってことで。朝までじっくり⋯⋯さ♥」

「カズ！　ちょっと出かけてくるな」

「え？」

キッチンで夕食の準備をしている和樹に宏明が声をかける。

「んもう。また夜遊び？　もう夕食の準備はじめちゃったよ？」

「ははは。わりー、わりー。約束してたのすっかり忘れててよ」

「だったらもっと早く起きればよかったのに」

「マジわりーな。今度埋め合わせするからよ」

「うん。じゃあ気をつけて行ってきてね」

「おう。お前も戸締まりしっかりな」

廊下から顔だけ出して弟に声をかけている兄。実はその影に、自分の彼女がいるとは弟はまったく気づいていない。振り返り、にこやかに手を振りながら出かけていく兄を見送る。兄はとろけたような表情の弟の彼女の手を引きながら、玄関から出ていった。

「んぐ♥」

「うおっ♥　この貪るようなフェラ‼　久しぶりだぜ♥」

車の助手席に乗せ、行きつけの郊外のラブホテルに葵を連れ込んだ宏明。部屋につくな

り、二人とも倒れ込むようにベッドに飛び込む。
　自分の服を脱ぐのももどかしく、やや乱暴に宏明のズボンを下ろした葵は、露わになったペニスに食らいつくように吸い付いた。
「ったく。マジでがっついてやがるな。ってあら。お前、もしかしてずっとノーパンだったのか？」
　シックスナインの体勢で宏明の身体をまたいでいる葵。スカートを捲り上げ、宏明はそこを覗き込んでいる。そこには、あるはずのものがなく、まだなくてもよさそうなものがすでに存在していた。
「それにもうこんなにビチョビチョじゃねーか。そんなに俺のチンコが欲しくてたまらないのか？」
　ちらっと宏明の脳裏に車をまたいでいる葵。
「なーるほど。助手席のシートがなんか濡れてるみたいだったのはこのせいか。お前、もしかして家にいたときからもう洪水状態だったんじゃねえか？」
「んっ、んふー。むっ、ちゅっ、ぬっ、じゅるっ、じゅぶぶぶっ」
「くー、たまんねー♥」
　まったく宏明の言葉に耳を傾けることなく、フェラに没頭している葵。以前はどちらかといえば宏明が責める立場だったが、それが今日は完全に逆転していた。宏明がやや受け

身で、葵からの責めを受けている。夢中になって宏明のペニスに吸い付く葵は、宏明以上の貪欲さをもって彼のペニスをしゃぶり続けていた。

「んっ、じゅっ、じゅるっ、ちゅっ、んっ、んっ、んっ」

「くはー。自分でもお前はよく仕上がってると思ってたけどよ、ここまでキてたとは思わなかったぜ……って、ちょい待て待て」

「じゅるるるるるるるるっ」

葵必殺の強烈バキュームフェラ。一瞬でも気を抜けば、即座に宏明は射精してしまいそうになっていた。

「ってかお前、それでイっちゃっていいのか？ ここに欲しいんじゃないのか？」

宏明がツンツンと葵のむき出しのマンコを指先でつつくと、ビクンと葵の動きが止まった。

「ほれ、もう準備万端だろ？ そしたらお前、もうやることひとつしかないだろ」

モワッと湯気が立ちそうなほど熱を帯びた葵のマンコ。そこから溢れる蜜で、割れ目だけでなく太ももあたりまでグショグショになっていた。そしてそれは当然、下になっている宏明のTシャツにまで垂れてシミを作っている。

「はあ、はあ、はあ、はあ……」

トロンとした瞳で、葵が宏明を振り向く。言葉にしなくとも、その視線で葵の言いた

ことを理解する宏明。
「ああ、いいぞ入れても。ただし、自分で挿れるんだ。お前の意志で、俺のモノになったことを、心と身体でしっかりと自覚するんだぞ」
宏明のギンギンに葵はうなずくと、起き上がり身体を入れ替えた。
コクンと葵はうなずくと、起き上がり身体を入れ替えた。
宏明のギンギンに反り返ったペニスをまたいで立ち、上体を宏明に抱きつくよう倒していった。ただし、下半身はまだ下ろしていない。
「はあ、はあ、はあ、はあ」
血管を浮き上がらせ、ギチギチとはち切れそうなほどに勃起した宏明のペニス。そそり立つそれを、葵はジッと見つめている。これからそれが自分の中に入るのだと、しっかりと再確認しているかのように。
「いいぞ。そのままゆっくりと」
「はあ、はあ、はあ……んっ」
小さくプルプルと震えながら、ゆっくりと降りていく葵の下半身。着ていた服ごとブラが捲り上げられ、露わになった胸は重力に引かれて垂れ下がり、宏明の胸にプニュリと押し付けられている。
ちゅっと葵の割れ目が宏明の亀頭にキスをした。ヒクヒクと震える肉の割れ目から滴り落ちた葵の蜜が、宏明のペニスの浮き上がった血管に沿ってタラリと流れ落ちる。

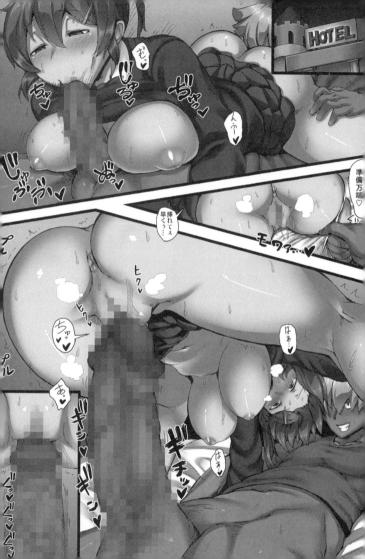

「入れる……よ」

「ああ」

 小さくかすれた声で宏明に確認をとり、葵は最後の一歩を踏み出した。肉の割れ目を亀頭が左右に切り開き、膣口にペニスの先端がわずかに潜り込む。

「んっ、あっ、あっ、ああっ‼」

 ズルっと亀頭のくびれまでが葵に飲み込まれた。そこから一気にいきたくなる気持ちを、葵はなんとかして抑え込む。少しでもこの瞬間を、長く味わっていたかったから。

「はあ、はあ……へっ。なかなか焦らすじゃねえか。お前、なんか前よりエロくなってないか？」

「ふう、ふう、ふう」

 宏明の顔の両脇に手を付き、頭を下げて胸の間から覗き込むようにして、繋がりつつある局部を凝視している葵。耳元に宏明の声は届いてはいるが、葵の意識までは届いていないようだった。そのくらい、葵は宏明のペニスを挿入することに集中していた。

「んっ……ふっ……んんんんんっ」

 ズズズズズズと長大な宏明のペニスが葵の中にゆっくりと没入していく。

「くっ、ぬおっ」

 内側のヒダヒダが人一倍発達している葵の中に刺激され、宏明はのけぞるようにして快

感の声を上げてしまう。そして、そののけぞりが葵に最後の一撃を加えていた。

「んはあああっ!!!」

ズブゥと宏明のペニスが根本まで割れ目の中に挿入された。

葵の膣の長さよりも長いそれは子宮を押し上げ、腰のあたりから頭まで突き抜けるような快感を葵は感じていた。

「きたぁっ、奥っ♥ おっきい♥」

「うおっ、締め付けヤバ!」

ギュッと葵が宏明に抱きついてくる。その抱きつく強さに比例するかのように、内側も宏明のペニスをきつく締め付けてくる。

「す、げ……お前の中ヌルヌルなのにきつくて……それに俺のを奥までどんどん飲み込んで……うおっ! 中に別の生き物がいるみてえだ」

「あ、あ、あ、あ、あ、あ」

歯を食いしばり、全身を震わせている葵。どうやら挿入しただけで、軽く絶頂に達してしまったようだった。
「お前ホント、しばらくシなかったうちにめちゃくちゃエロくなったな。カズのじゃやっぱ物足りなかったのか？」
「だって……あああっ。だって……このおちんぽ……ああぁっ、このおっきいおちんぽ、しゅきいっ……んっ、んっ、あっ、あっ、あっ」
　抱きついたまま、器用に腰を使いはじめる葵。締め付けられたままキツキツの内側でこすられ、早くも宏明は射精感を覚えていた。
「おま、え……そっちばっかさせておくかよ」
　宏明が身体を起こす。葵が上になった騎乗位から、対面座位へ。
「んっ、くっ、ふっ、んっ、はっ、あっ、はっ、あっ、やんっ！」
　自由になった腰を前後左右に振りたて、葵の中を蹂躙する宏明。葵は宏明のペニスに翻弄され、煽られるように快楽の階段を駆け上がっていった。
「はっ、はっ、はっ……しゅきぃ……んんんっ、おちんぽしゅきぃ。はむっ、んっ、ちゅっ、れろっ……んくぅ」
　抱きついたまま、対面座位でキスを求めてくる葵。それは確実に、以前の葵とは違って

いた。宏明は腰を動かしニヤつく顔を歪ませながら、求められるままに葵に唇を与えていった。

「はむっ、んっ、ちゅっ、んうぅぅぅ……んっ、ふっ、んっ、はっ、あっ、やっ、はっ、あっ、ああああああっ」

キスをしながらあえぐ葵の吐息が、宏明の耳元をくすぐる。そのまま激しく腰を振り立て続けると、葵はギュッと宏明に強く抱きついてきた。

「なんだ。またイきそうなのか？」

自身もイきそうなのを隠しながら、宏明は葵に問いかける。

「だって……あああぁっ。だって……気持ちいいから……んっ、んっ、んっ、おっきいおちんぽ気持ちいいから……だから、私……ああああっ。もう、イきそ……んんんんっっっ」

グッと葵の中が収縮した瞬間、宏明も軽くのけぞりながら絶頂を迎えた。

「やべっ、イくっ！ 出すぞっ！」

「んぐううううううっ！！」

ビュルルルッと、何ヶ月かぶりに宏明の精液が葵の子宮に注がれた。

「おぶっ！ んっ、んふうううっ！」

「はあっ、はあっ、んっ、んふうううっ！ はあっ、はあっ」

びくんびくんと痙攣する葵の震えが、子宮を通して宏明にも伝わってくる。亀頭の先に感じる吸い付くような締め付けは、たぶん子宮の入り口なのだろうと宏明は頭の中で思い描いていた。実際の子宮なんてものは見たことがないから、それは完全に彼の妄想でしかなかったが。

「どうだ。久しぶりの精液の味は。どうせカズとはゴムありセックスしかしてなかったんだろ?」

「うぅぅ……す、すごい……中が……あぁぁぁ。中が熱くてぇ……」

実際には精液が熱いなどということはないはずだが、葵はそう感じていた。たっぷりと子宮に出された宏明の精液で、自分の下腹部が熱く燃えて火照っているようだと。

「よーしそれじゃあ仕上げだ」

「ふあっ! っ、んぐぅぅっ!!!」

出したばかりの子宮を宏明が突き上げはじめる。

「オラッ！　もう一度イケ‼　これが欲しかったんだろっ」
「んっ！　んんんんんんんっ！　しゅごっ♥　しゅごいっ♥　しゅごいのくりゅうううぅっ‼」
のけぞり、そのまま仰向けにベッドに倒れ込む葵。それでも宏明は、腰の動きを止めない。
「あっ、あっ、あっ、あっ、あっ、あっ」
ペニスを出し入れするというよりも、一番奥深くまで差し入れたペニスをさらに奥まで突き入れるような動きをしている宏明。もちろんその狙いは、子宮の中の精液だ。たっぷりと出した精液を、葵の中でかき混ぜる。粘ついた半固体状の宏明の精液が、葵の子宮の中でドルンドルンと激しく揺れ動いた。
「しゅごっ、しゅごいいいいっ。中で……んはあああっ。中でせーしがあばれてりゅう♥」
「ほれっ！　イケ‼　ポルチオでザーメンアクメしろっ‼」
厳密な意味でのポルチオがどこにあるのかは宏明も知らない。しかし、なんとなく奥のほうのこのあたりを責めれば葵がイくということは経験から学んでいた。それも、一度イったあとのほうがイきやすくなるということも。
「くりゅっ、来ちゃうっ……しゅごいの……き、きたぁっ！　イぐっ！　おっ、おおおおおおおおおっ！」

普段の葵からは想像もできないような、野太い雄叫びのような声を上げながら、葵が再び絶頂に達する。しかも今度のものは、さっきのものよりもさらに一段上。白目をむいて気絶しそうになってしまうほどの激しい絶頂だった。

「くううううっ。イった瞬間のお前のマンコ、マジヤバイ。ヌルヌルなのにキツキツの締め付けで残った精子が全部吸い取られるみたいな感じがするぜ」

ビクンビクンと痙攣する葵のぐったりした身体を、宏明は腕の力で起き上がらせる。

再度対面座位の体勢になり、そこから自分の身体を倒して騎乗位に戻る。

「えーっと……あったあった」

枕元を手探りで探し、宏明は自分のスマホを引き寄せる。

「ほれ、視線こっち。せっかくだから記念撮影しようぜ」

「おっ、おへぇ……あっ、また……イぐっ♥」

カシャカシャカシャカシャカシャカシャカシャカシャ。

スマホのシャッター音とシンクロするかのように、ビクビクと身体を震わせる葵。

連射モードになっちまった。ま、いいか」

宏明の構えたスマホの画面には、はしたなく両足を広げた蹲踞（そんきょ）の姿勢で宏明の上にまたがり、はだけた胸から左右におっぱいをダランとぶら下げて、半分白目になりながらピースをしているアクメ顔の葵が映し出されていた。

以前はハメ撮り画像を消してもらうために、あんなにも我慢の日々を送ったことなど、葵の頭からは完全に消え去ってしまっていた。

「はー、出した出した」

バタンと両手を左右に広げ、大の字に寝転がってひと息つく宏明。葵は子宮を突きまくられて尿意を催したのか、トイレに行っていた。そのままここでしてもいいぜと宏明は葵をからかったが、正直言えばおしっこプレイの趣味はあまりなかった。葵自身が興奮するならしてもいいというくらいだが、どうやら葵のほうにもそのケはあまりないようだった。

「って、うおっ！」
「ぴちゅっ、ちゅぴ……んっ、んむっ」

「お前いきなり……ってかいつ戻ってきたんだよ」
「はー……はむっ、んっ、んんんっ」
 問いかけにも答えずに、やや力を失って半勃ちになっている宏明のペニスを愛しそうに舐めしゃぶっている葵。右手では亀頭のくびれを刺激しながら、左手では根本をキュッと握りしめ、的確に宏明の感じる部分を責めている。
「いつのまにそんなテク覚えたんだ？」
 宏明は手を伸ばし、葵の頭を撫でてやる。
「って、俺が仕込んだんだったな、そういえば」
 宏明は葵の弱点を熟知している。それと同じように、葵も宏明の弱い部分を全部知っている。なぜなら、宏明が自分でそれらすべてを教え込んだから。自分が気持ちよくなるために、葵を自分専用の性人形として仕上げるために。
「んっ、んっ、んっ、ちゅぴ……じゅるるるっ」
 口の中いっぱいに唾液をためて、亀頭だけを含んでじゅるじゅると音を立てながらすする。それも、宏明が葵に教えたフェラテクのひとつだった。
「おぉっ。もー、出ねぇぞ。しばらくは打ち止めだ。さっきの、俺でも久しぶりってくらいに大量に出たからな。ザーメン出し尽くして、今はキンタマすっからかんだ」
「んっ、はむっ……もっとぉ……おマンコぉ……」

力を取り戻してこない宏明のペニスを舐め続ける葵。柔らかめの亀頭を優しく揉みながら、裏筋を舌でペロペロと舐め上げる。

「まだまだ足りないってか？　いいねぇ♪　これが本当のお前の姿だよ」

先程トイレから戻った葵は、当然のように身支度を整えたりなどはしていなかった。中途半端に捲れ上がったスカートに、ぷりんとした丸出しのお尻。用を足したというのに、その股間は先程の宏明の精液でドロドロに汚れたままだった。

「カズじゃ満足できないわけだよな。こんなド淫乱の変態マンコじゃな」

「んっ、んんっ……」

宏明にどれだけ揶揄されようが、葵の行為は止まらない。宏明の脚の間に寝転がり、ただペニスを舐めることだけに集中する。

左手で睾丸を揉みながら、根本を唇で甘噛みする。亀頭を右手で覆うようにしながら親指と中指でくびれの部分を。人差し指は、亀頭の割れ目をクイクイと刺激していた。

「ううっ」

宏明のペニスに血液が流れ込んでいく。まだまだ休憩が必要だと思っていたのに、ペニスは容易に勃起させられてしまった。

「こいつ……無理やりガチガチの戦闘態勢にさせやがった♥」

口では不満げなセリフを吐きながらも、宏明は嬉しそうだった。一度は飽きて捨てたも同然だった葵が、偶然から自分の手元に戻ってきた。しかも、前よりもずっとエロい本能を全開にして。

「いいぜ……」

宏明は身体を起こす。

「あ……」

ペニスから口が離れ、どこか寂しそうな表情を浮かべる葵。

「違うだろ。お前はこれが舐めたかったわけじゃないだろ？」

言いながら、葵を仰向けにする。そして今度は宏明がその脚の間に身体を進め、葵によって復活させられた勃起ペニスを、葵のマンコに押し当てる。

「ここだろ？　ここで咥え込みたいんだろ？」

葵は無言でうなずく。

その熱病にうかされたような潤んだ瞳を見つめながら、宏明は腰を葵に押し付けていった。

「いくぞ！　こっからは玉金で作ったザーメンを即子宮行きの産地直送セックスだぜ‼」

ズブブッと熱くトロけたような葵のマンコに宏明のペニスが挿入されていく。

「あああああああっっ！！！　きたっ！　おちんぽっ！　固くて熱いおちんぽっ、きたぁっ！！！」

ギュッと葵の手と宏明の手が恋人つなぎで繋がれる。

「あっ、あっ、あっ、あっ、あっ……もっとせーし……もっと犯して……おっきいおちんぽで……あっ、あっ、あっ……おっきくて固いおちんぽで、私を犯してぇぇぇっ！」

ズンズンと葵の中を責め続ける宏明。葵は半分意識を飛ばしてしまったかのようなトロけた表情で、宏明を見上げている。

「おちんぽぉぉ……おちんぽ好きぃ……しゅきぃ……だいしゅきなのぉぉぉおっ」

葵の中が宏明のペニスで突かれるたびに、下腹部のあたりにブルルッと小さな震えが走る。

「いい……気持ちいい……おちんぽぉぉ……おちんぽぉぉ……おっ、おっ、おっ、んっ、はっ、はっ、はっ、あっ、はっ、あっ、あああああああああっ」
ぐぐっと葵がのけぞった。内側が宏明のペニスを締め付け、睾丸の奥から精液を吸い出そうとする。
「くっ！　二発目イくぞっ！」
「んふぅぅぅぅぅっっっ！！！」
ドクンドクンと、睾丸内部で生産されたての精液が葵の子宮に流し込まれた。
「あ、あ、あ、あ……いい……せーし……せーし美味しい……んっ、んっ、んっ、んっ、んっ」
イきながらも、葵は自ら腰を使ってきた。射精したてで敏感なペニスを責められ、若干の苦痛を感じながらも宏明はその動きに応えた。
「ほれ、このほうが動きやすいだろ」
「んんんっ」
ぐいっと葵の身体を繋がったまま起き上がらせる。
正常位から騎乗位へ。
葵は自由になった腰を上下左右に振りたて、宏明のペニスを思う存分貪った。
二人の繋がった部分からは、ダラダラと二回分の精液が重力に引かれて溢れ出してきて

218

「あっ、あっ、あっ、んっ、んっ、んっ」
「い、いいぞ……そのまま好きにしろ……俺も動くし、お前も動け。お前は俺が仕込んだセックス人形だ。自分勝手に気持ちよくなればいいし、俺もお前で勝手に気持ちよくなる」

グラインドするように腰を回転させながら、ギューっと恋人つなぎをした宏明の手を握り締めてくる葵。その強さに比例するように、葵の中の締め付けもきつくなってきた。
「くううっ……またか。またイきそうなのか？」
「ううぅっ……うっ、ふっ……んんんんんんっ……固いちんぽ……固いおちんぽぉ……おちんぽ好き……おちんぽ気持ちいい……あっ、あっ、あっ、あっ、あっ……ググググっと葵がのけぞった。ペニスを奥まで貫いて……んくぅぅぅぅっ！！」

固いおんちんぽが、私を奥まで貫いて……んくぅぅぅぅっ！！」
ペニスをキューッと吸い上げた。その動きに連動するように、葵の内側、子宮が宏明の
「ぬおっ！ こ、こんなのもあるのか。くぁっ！！」
ドピュピュッと、その吸い上げるような刺激に促され、宏明はまたしても中出しした。
「あ、あ、あ、あ、あ、あ、あ……出てるぅ……あぁぁぁぁ……勃起おちんぽ、私の中でせーし出してるぅぅぅ」

「くぅうぅ」

睾丸内部から直接吸い上げられるかのように、葵の中に精液が吸い出されていく。快感の先のその感覚に、宏明は苦しげなうめきを漏らした。しかし、それは苦しいだけではない。苦痛の中に、確かな気持ちよさがある。宏明は葵を再びベッドに寝かせ、今度は自分から腰を振り立てた。

「あっ！　あっ！　あっ！」

「いいか。もう子宮が空の日なんてないからな！　覚悟しとけよ！」

葵を責めながら、宏明が宣言する。

「常に俺のザーメン漬けだっ！　毎日中出しアクメ決めて、俺専用マンコだってことを教え込んでやるー！」

「んはぁあぁあっっっ！！！　あっ、あっ、あっ……固い……固いおちんぽぉ……もっと……もっとせーし……もっとおおぉっ！」

「くうぅっ！！！」

またしても訪れる中出し射精。宏明の感じているものは、すでにもう快感と苦痛が半々の状態になっていた。しかしそれでも宏明はセックスをやめることはない。今日のところは、葵が満足するまでとにかくやり続けることに決めたのだ。

「あ、あ、あ、あ、あ……まだ……まだなの……もっとして……せーしちょうだい」

「ああ。いいぞ、いくらでもくれてやる。お前は俺専用のマンコだからな。身体中からザー汁臭の漂う、変態J●が完成するまで、何発でも中出ししてやる」

　　　＊　　　＊　　　＊

そうして何時間が経過しただろうか。
途中から、宏明自身も射精の回数を数えなくなっていた。
葵のほうも、自分が何度イったかわからなくなっていた。
もっとも葵は、最初からほぼそういう状態だったと言えなくもなかったが。
ともかく宏明は、葵の身体に何度も何度も精液を発射していた。
子宮の中はいわずもがな、口の中にも、胸にもお腹にも、そして脇にも。葵の身体のありとあらゆる部分が、宏明の精液で犯されていた。

　　　＊　　　＊　　　＊

そして夜が明けた。
「あっ、あっ、あっ、くるっ♥　スゴイのくる♥」
ベッドの上では、変わらず葵と宏明が盛っていた。
「おらっ、こうか！　これでどうだっ！」

「んああああっ! あっ、あっ、あああああっ!」

仰向けの宏明の上に、こちらも仰向けの葵が重なって腰を振っている。背面座位からそのまま後ろに倒れ込んだような状態。宏明は両脚を揃えて膝を曲げ、突き上げるようにしながら葵を責めていた。

「んっ、んんんっ! くっ! イく! イっちゃう‼」

体力的にも時間的にも、おそらくこれが最後のワンプレイだと葵も宏明も思っていた。

それくらい、二人ともいろいろな意味で限界に近づいていた。

「はっ、はっ、はっ、はっ……どうだ。そろそろもう満足か」

「わかん、ない……わかんない……わかんないけど……もう……」

下から突き上げられ、のけぞるようにしながら喘いでいる葵。タプタプと波打つ乳房のあたりにも、そこら中に精液が散らばっていた。

「あっ、あっ、あっ、あっ……気持ちよくて……気持ちよすぎて……頭、

「変になりそう……んんんんっ」
「はぁ、はぁ、はぁ。それなら大丈夫だ」
息も絶え絶えになりながら、葵を背後から突き続ける宏明。
「お前の頭はよ、もうとっくに変になっちまってるんだよ。そもそもあのころからな、くっ！　俺と付き合ってたあのころから、お前は十分に変だったんだよ……くそっ」
ぐるっと身体を入れ替える宏明。さすがに葵の全体重を受け止めながら突き上げ続けることが不可能になりつつあった。
「はぁ、はぁ、はぁ、んっ、くっ、うっ、ううんっ！」
正常位の体勢で、葵に腰を打ち付ける宏明。角度が変わって足りなくなった刺激を、葵は自分も腰をくねらせることで補う。
「そ、そうだ。……お前はそういうメスだ。自分が気持ちよくなるために俺を利用する。お前は俺に変えられちまったわけじゃねぇ。元から気持ちいいこと大好きな、淫乱なメスだったんだよおっ！」
「んはああああああっっっ！！！」
ズンと深い一撃を宏明は葵に食らわせる。その日の一発目であったなら、ここで葵も宏明も絶頂に達していただろう。しかし、もうそのくらいの快感ではイかなくなっていた。
二人とも感覚が麻痺して、通常の何倍もの気持ちよさでないと絶頂しなくなっていた。

そして二人の鍛え上げられた性感は、それだけの気持ちよさを生み出すことを可能にしていた。

「んはあああっっっ！　あっ！　はっ！　あっ！　あああああっ！　もっと……もっとぉぉぉぉぉぉっ！」

 葵が身体を起こす。反対に、宏明が仰向けに寝転がる。ややマグロ状態となり、勃起を維持することに集中する宏明。宏明の勃起ペニスで、葵は縦横無尽に快楽を貪った。

「んっ！　はっ！　あっ！　あああああっ!!　いいっ、気持ちいいっ！　おちんぽっ！　おちんぽぉぉぉぉっ！　固いおちんぽでぇっ、わたし……わたしいいいいっ！」

 身体は少し楽になったが、射精感が少し遠のいてしまった。自分の上で女が自由に振舞っているというこの体位が、宏明はあまり好きではなかった。彼の好みとしては、ペニスで女を貫いているという感覚が強ければ強いほどいい。そういう意味では、さっきの変形背面座位の体勢はかなりの好みではあった。最後の体位として選択するには、肉体的負担が大きすぎたが。

「せいっ！」

「んはあぁっ！　な、なに？」

 残り少ない体力で宏明は葵を跳ね飛ばす。

「ラストスパートいくぞおっ!」

「きゃあああっ!」

体勢を崩してベッドに倒れ込んだ葵に、宏明が背後からのしかかる。そしてそのまま勃起ペニスをねじ込み、盛りのついた犬のように激しくカクカク腰を動かした。

「んんんんんっっっ!! す、すご……まだこんな……あっ、あっ、あっ、あっ、あっ」

「はっ、はっ、はっ……そうだぜ。こういうのこそ俺たちにはふさわしいんだ。清く正しい正常位なんてクソったれだぜ。くっ!」

葵の背中にピッタリと張り付き、両手で乳房を思い切りつかむ。重力に引かれた葵の胸は、いつも以上に大きく感じられた。いや、もしかすると今夜一晩の奔放なセックスで一段と大きく成長したのかもしれない。

「あああああああっ……いい……いい……もっと思い切り突いて……おっぱいも揉んで……乱暴に犯してぇぇぇぇっ!!」

「うぐううっ!!! あああああっ」

葵の中が宏明のペニスをぎゅうぎゅうと締め付けてくる。そしてそれに反応してさらに葵の締め付けが……。ように、宏明も葵の胸をギュウッと強く握る。

「んっ、はっ、あっ、あはあああああああっっっ!!! おっぱい取れちゃう! 潰れちゃう! でも……でもぉおおおおおっ! 気持ちいい! 気持ちいいのっ! んほおおおおおおっっっ!!!」

白目をむきながらのけぞって快楽に震える葵。その精神は限界を突破し、ついにもう一段上の領域へと到達しようとしていた。

「んはあぁっ! あっ、あひいいいいいいっっっ!!! イぐっ! いっぢゃう!!!」

ビュルルルルーッと失禁しながら絶頂に達する葵。そしてそれとほぼ同時に……。

「くあっ! イ、イくっ! 出るっ!!」
「あ、あ、あ、あ、あ、あ、あ」
「おぉおおおおおおおお!!!」

ドクンドクンと宏明の本日最後の射精が葵の子宮めがけて発射された。

子宮に精液が満たされていく、ゾクゾクとした激しい快楽が、拡散していく葵の意識にしっかりと刻み込まれた。

「はっ、はっ、はっ、はひーっ……ひゅー……ひゅー……ひゅー」

ピクピクと震える葵は、完全に白目をむいてぐったりとベッドのシーツに身体を突っ伏していた。しかしそれでも、咥え込んだ宏明のペニスを離さない。それどころか、最後の一滴まで絞り出そうとしているかのように、内側はキュンキュンと宏明のペニスを締め上

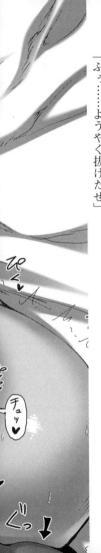

げ続けていた。
「こいつ……♥　意識が飛んじまってるのにチンコをがっちり膣ホールドしてやがる(笑)」
宏明の脳裏に一瞬、ずっと昔にナンパした人妻とのプレイ中に膣痙攣に遭遇してひどい目にあった記憶が蘇った。
「これ……違うよな?」
挿入されたままになっているペニスを軽く左右に振ってみると、わずかに締め付けが緩む。抜こうと思えば抜けそうな感覚に、宏明はほっと胸を撫でおろした。
「って、すげえな」
彼が少し腰を引くと、葵がそのぶんだけ腰を押し付けてきた。意識を失っているというのに、葵の身体はまだまだペニスを欲しているようだった。
「抜けねぇ……ウける♥　こいつ子宮が完全にザーメン中毒になってんな♥」
射精が収まり、少しずつ葵の締め付けがゆるくなってくる。
「ふぅ……ようやく抜けたぜ」

チュポンと間抜けな音を立ててながら、宏明のペニスが葵の中から抜け出てきた。白濁した液体が絡みつき、ホカホカと湯気を立てているペニスはいかにもひと仕事終えたという感じだった。

「そうだ……忘れるとこだったぜ」

いまだにピクピクと震えながらシーツに突っ伏している葵。絶頂の余韻で意識を失ったままの彼女を見下ろしながら、宏明はあるひとつのことを思いついていた。

「お前が俺のセフレになったことを報告しなきゃいけない大切なヤツがいたな」

全身汗と精液まみれの葵の身体に、宏明はさらに自分の印を刻みつけたくなった。

「えーっと……確かこのへんに……」

宏明はラブホのテーブルのあたりをゴソゴソと捜索する。

「あったあった。こいつで……」

八幕　朝帰り

まだまだ薄暗い冬の朝。低いエンジン音とともに宏明の車が自宅に横付けにされた。
アイドリング中の車の助手席から、葵に玄関の鍵を渡すと、車をガレージへと進めエンジンを止めた。
宏明は葵に玄関の鍵を渡すと、車をガレージへと進めエンジンを止めた。
「じゃあ先に入ってろ」
「うん」
玄関まで行くと、葵がまだそこで待っていた。
「あれ？」
「だって、待ってたほうがいいかなって思ったから」
「なんだよ、先に入ってろって言っただろ？　寒いのに」
「あのなぁ……」
「うん、わかってる。私はカズ君の。でも、アンタと一緒にいるときはアンタのものだから」
「はいはい。まあ、お前がどう思ってようとべつにどうでもいいんだけどな」

「うん」

葵から鍵を受け取り、宏明は玄関のドアを開ける。
ガチャリと開いた扉の音が、シンと静まりかえった家の中にやけに響いて聞こえた。

「行くぞ」

「うん」

薄暗い廊下を、ヒタヒタと進んでいく宏明と葵。葵がいつも遊びに来る時間帯とは、別の緊張感がある。それは葵だけでなく、宏明も感じていた。

「そっちは行くなよ。両親の寝室がある」

「わかった」

「階段気をつけろよな」

「うん」

トントントンと二人が階段を上がる小さな足音。それはいつもよりずっと静かなものだったけれども、いつもよりずっと大きな音のように感じられた。

「カズ君寝てるかな」

「寝てるだろ。っていうか、この時間にカズが起きてた試しがない」

「ふふっ。そっか」

早寝早起きという彼氏の品行方正な生活態度の話を聞き、少しだけ嬉しくなる葵。そし

てそれと同時に、自分のいまの状態を思い出してほんの少しの罪悪感を憶えた。

「着いたぞ」

「中に入ってて、寝てるカズ君に見せてくればいいんだよね」

「ああ」

上着を脱ぎ、宏明にそれを手渡す葵。下から現れたのは、昼間ここを出たときと同じ冬服の制服姿。若干シワが寄っているのが違うと言えば違ってはいたが。

「ほら……」

カチャッと和樹の部屋のドアを開け、声を潜めながら宏明が促す。

「うん♥」

スヤスヤとベッドで眠っている和樹。部屋のドアが開けられたことなど、当然のことながら気づいていない。そんな彼のほうに、ヒタヒタと近づいてくる人影があった。

「カズ君……」

ブラウスのボタンを外し、前を開ける葵。スカートを膝まで下ろし、下着をくるりとめくり下ろす。

「カズ君、ゴメンネ♥」

はあはあと息を荒らげながら、葵は自分の彼氏に半裸姿を見せつける。

言葉では謝っていたが、そこには謝罪の気持ちは欠片も含まれていなかった。むしろ含まれているのは、興奮と欲情。葵の表情には、宏明に抱かれているときのような、恍惚が表れていた。

「私どうしてもどうしても……カズ君のじゃ満足できなくて……それだけが不満でからね？　身体だけ……身体だけコイツの……宏明のモノにしてもらったの♥」

ボソボソと、ヒソヒソ声よりは少し大きく、普通の声よりはやや小さい程度の音量で、葵が宏明に向かって囁きかけている。半裸状態のその身体には、うっすらと汗が浮かび、ところどころには精液がこびりついたままで、先程までの激しいセックスの痕跡がまざまざと残されていた。

それだけではない。葵の身体には、宏明の所有物であるという証がしっかりと記されていた。胸のあたりには『肉オナホ♥』の文字。ちょうど胃袋があるあたりには『ごっくんザーメンタンク』。太ももには『私は彼氏の兄と生中出しセックスをする変態Ｊ○です』と自己紹介がされ、綺麗にパイパンにされた股間の少し上には子宮のイラストが書かれ、そこへと矢印が引かれて『俺専用』と宣言されていた。

「ゴメンネ……大好きだよ、カズ君♥」

内ももにも『ザーメン満タン中』の文字が書かれ、オマンコへと矢印が引かれていた。そして反対側には、完成した正の字が二つと一画足りないものがひとつ。こちらもオマン

「これからずっとカズ君のお兄さんにザーメン臭くされちゃうけど許してね♥」
「すまんな、弟よ……」
 扉の外で、廊下から二人の様子を見ている宏明もニヤニヤしながらつぶやいた。
「すー……すー……すー……」
「すー……すー……すー……」
 何も知らずにベッドの中で熟睡している和樹。そんな和樹の顔を見ているとムラムラしてくるものを感じてしまった。
「ゴメンネ、カズ君。ほんとにゴメン」
 フラフラとさらにベッドに近づいていく葵。
「お、おい。なんだ？ なにする気だ？」
 珍しく宏明が慌てた様子を見せる。どうやら、これは予定にはなかった行動のようだった。
「カズ君……見て……もっと見て……カズ君のお兄さんに中出しされたオマンコ……もっとよく見て……」
「ちょっ！」
 ギシっとベッドが二人ぶんの体重を支えて軋む。なんと葵は和樹の寝ているベッドに上がり込み、和樹の顔をまたいで顔面騎乗を仕掛けてしまった。

「ば、バカっ。起きちゃうだろうが」

声を潜めながら葵を制止する宏明。

しかし葵はその声に従わず、さらに行為をエスカレートさせる。

「あっ、あっ、あっ、あっ……見て、カズ君。見て……中出しされたオマンコ……いっぱいいっぱいセックスしたから、ちょっと腫れて赤くなっちゃってるの。でも、痛くはないんだよ？　痛いどころか、敏感になって……んんんっ。とっても、気持ちいいの……ああんっ」

指で左右に割れ目を開き、クチュクチュとかき混ぜはじめる葵。

「あちゃー」

すっかりエンジンのかかってしまった葵を見て、パチンと額を手のひらでひとつ打つ宏明。面白がってやった行為の思わぬ結果に、どうしたものかと頭を抱えてしまった。

「んっ、はっ、あっ、あっ、あっ、あっ」

ヌチュヌチュと湿った音が和樹の頭上で響いている。葵が自分の秘所を指でかき回している音。葵の内側から湧き出してきた蜜と、宏明の精液が和樹の眼前でミックスされていく。

「やばっ」

粘着質なその液体が、ツーっと糸を引きながら葵の割れ目から滴り落ちた。

「う、うーん」

葵の動きで微妙に揺れるベッドの寝心地が悪かったのか、和樹が小さくうめきながら寝返りを打った。

「ナイスカズ」

ちょうどその瞬間、それまで和樹の顔のあった位置に、葵と宏明の混合液がポタリと落ちてシミを作った。

「このままじゃマズイな」

「あっ、あっ、あっ、あっ、あっ……見て、カズ君。ねえ見て。私のいやらしいオマンコ。こんなに中出しされちゃったの。こんなにせーしたっぷり出されて、私妊娠しちゃうかも……んっ、んっ、んっ、んっ」

さらに激しく割れ目を弄り回す葵。クチュクチュピチャピチャと白濁した液体は攪拌され、小さな飛沫が和樹の横顔をわずかに濡らしていた。

「おい、さすがにそれはやべーぞ」

そっと忍び足でベッドまで歩み寄ってきた宏明が、葵の肩に手をやり揺すって我に返そうとする。

「はぁ、はぁ、はぁ。でもこれ……すごく興奮するの」

「あー、わかったわかった。お前が変態だってことはよくわかったから」

潤んだ瞳で頬を上気させ、ボーっとした表情の葵。宏明はこりゃダメだと見切りをつけ、強引に連れ出すことにした。

「よっと」

「え？　あっ」

葵の膝下に腕をスッと差し入れ、反対の腕で脇を抱える。いわゆる、お姫様抱っこの状態。そのまま宏明は葵を抱え、和樹の部屋をあとにした。

「むにゃむにゃ……葵ちゃん……すー……すー……」

緊急避難とばかりに、隣の自分の部屋に葵を連れ込んだ宏明。となれば葵は当然……。

「ったくお前ってヤツは」

底なしの葵の性欲。宏明は苦笑いするが、葵のその才能を開花させたのは宏明本人。そして宏明自身も、葵に負けず劣らずの性欲を備えている。

「ねえ、もう一回しよ？　そろそろ回復したよね。私も、今日はもう一回くらいしたいかなーって」

「しゃーねーな。一回だけだぞ？」

「わーい」

もちろん葵も宏明も、一回で済むはずがないことはわかっていた。

それでも和樹や両親が起きてくるまでの短い時間に、できるだけの精液を葵の子宮に注いでおきたかったし、宏明の精子を子宮に受け止めておきたかった。二人の関係は、次のチャンスがいつ訪れるかわからない、刹那の間柄だったから。

「ほれ、とりあえず一発いくぞ」

「んんんんんっっっ！！！」

机に手をつかせ、立ちバックの体勢で葵に挿入する宏明。雰囲気もへったくれもなく、乱雑に葵を犯していく。

「あっ、あっ、あっ、あっ、あっ、あっ、あっ」

そこにあるのはただ気持ちよくなるためだけの行為で、それ以外の感情はなにもなかった。

「んっ、ふっ、んっ、んんんんんっ」

「あんまり声出すなよ。ホテルと違って、周りに聞こえちゃマズイからな」

「う、うん……んんんっ。んっ、はっ、あっ、あああああっ」

カーテンの隙間から、朝の光が差し込んでくる。

結局葵と宏明は、それから一時間ほどの間に、合計三発の精液を子宮に注ぎ込み、また

あくまで性欲だけの関係。しかし、だからこそ強固に結びついた二人の関係。
一度は終わりを迎えたその関係は、結局また元の鞘に収まることとなった。
違うのは彼氏の兄であるということと、弟の彼女であるということだけ。
しかし性欲に溺れた二人にとっては、そんなことはどうでもよかった。
むしろ、それがさらに二人を燃え上がらせることになった。
彼氏の兄で、弟の彼女。
ただのセフレ以上に、二人は強く、深く、淫らに結びついていた。

終幕 恋人のアニキはワタシを調教した元カレ

それから、数ヶ月が経った……。

相変わらず自宅でブラブラしている宏明と、放課後真面目に部活動をしている和樹。
玄関から入ってきた和樹がリビングを覗くと、宏明はカウチにだらしなく背を沈めるようにして座りながら、テレビを見ていた。

「今日彼女来るから絶対部屋に入ってこないでよ!!」

廊下からテレビのほうを向いたままの宏明の背中にそう声をかけ、和樹は階段を登っていく。

「うえーい。りょうかーい」

和樹の背中に、宏明の返事が小さく届いてくる。
そんな和樹はこれから来るはずの彼女のことを考えて、ニコニコと嬉しそうな笑顔を浮かべていた。

「ただいまー」
「おかえりー」

そして、宏明は……。
「はむ、んっ、じゅぷっ……んっ、んっ、っ、んっ」
「だってさ……今日はセックスする気マンマンかな」
「ちゅっ、ぴちゅっ……はむはむ……んんんんんっ」
つけっぱなしのテレビの音に、ピチャピチャという水っぽい音が混じっている。
リビングには、宏明一人ではなかった。
カウチにだらしなく座った宏明の脚の間に、葵がしゃがみこんでいた。
ガチガチに勃起した、宏明のペニスを舐めしゃぶりながら。

冬が終わり春が来て、そしてまた夏が近づいてきたが、葵と和樹、そして宏明の関係は、特に変わることなくうまく続いていた。

「おっ、ぃぐっ♥」
「ん～♥」
ビュルッと口の中に出された精液を、ためらいなく飲み込んでいく葵。
紆余曲折はあったが、結局自分にはこの二人……和樹と宏明、両方がいないとダメなんだということを、葵は受け入れていた。
心は和樹、身体は宏明。弟と兄に、それぞれ満たしてもらっている。

「まだ行かなくていいのか？」

イッたあとのペニスを、いまだに弄り続けている葵に宏明が声をかける。

「んー♥ もう一回してからね♥」

口の中の精液をゴクリと飲み込みながら、葵がそう答えた。

二階からは、和樹が部屋に掃除機をかけている音が聞こえてくる。

和樹と付き合いながら、宏明とも肉体関係を続ける。

これが葵の出した、幸せの答えだった。

あとがき

『弟の恋人(以下略)』ノベライズ版をお読みいただきありがとうございます。もしお久しぶりのお方がいらっしゃいましたらお久しぶりです。はじめましての方ははじめまして。午前央人でございます。

今回は原作では関わっていなかった作品のノベライズということで、今までとは違う感じの苦労や楽しみがありました。というか、自分では思いつかないタイプの行動をしてくれるキャラクターの描写をするのはなかなか楽しいです。自分一人で考えていると、自分の枠をなかなか超えられませんからね。もちろん、その行動の理由が思いつかずに産みの苦しみを味わうこともありましたが。

さて、『弟の恋人(以下略)』はいかがでしたでしょうか。できるだけ元のテイストを活かしたつもりではありますが、葵覚醒後の勢いに飲まれてしまう兄のキャラクターのあたりには、僕の好みが出てしまっていたような気もします。とはいえそんな葵をこれからもきっちりと制御していきそうなところは、さすがのヤリ

チン兄貴です。

しかし弟は本当に気づいてないのでしょうか。もちろん僕としては気づいてないつもりで書いていたのですが、もしこれがそうじゃなかったら、みたいな妄想をしたりもします。兄に彼女を寝取られているのを知りながら、それに気づかないフリをして兄と彼女を共有する。そこには兄に対するネジ曲がった愛情が存在していて……みたいな。当然のことながら、これはすべて僕の妄想です。

では、また別の作品でお会いできることをお祈りしています。

二〇一九年 四月　午前央人

ぷちぱら文庫

弟の恋人が昔調教した元カノだった

2019年 6月14日　初版第1刷 発行

■著　者　　午前央人
■イラスト　　今ゾン
■原　作　　Crimson CROWN

発行人：久保田裕
発行元：株式会社パラダイム
〒166-0011
東京都杉並区梅里2-40-19
ワールドビル202
TEL 03-5306-6921

印 刷 所　中央精版印刷株式会社

本書の内容を無断で複製・複写・放送・データ配信などをすることは、かたくお断りいたします。
落丁・乱丁はお取り替えいたします。
定価はカバーに表示してあります。
©OUTO HIRUMAE　©Crimson CROWN
Printed in Japan 2019

既刊案内

理想のお姉ちゃん・愛莉と同じ学園に通い、幸せな毎日を送っていた弟くん。しかし、彼への偏執的愛情を我慢できないお姉ちゃんの行動は日に日にエスカレート。ついには強制筆下ろしさせられたあげく、監禁＆孕ませH漬けの身に…!?

ヤンデレなお姉ちゃんに愛し尽される監禁性活

ぷちぱら文庫 306
著：遊真一希
画：綾瀬はづき
原作：Norn
定価 本体730円+税

▼既刊案内▼

高潔な姉姫
柔和な妹姫
妖艶な王妃
王国まるごと催眠支配！

巨乳プリンセス催眠

ぷちぱら文庫 281

著　男爵平野
画　huracan
原作　ルネ

定価 730円+税

好評発売中！

既刊案内

ぷちぱら文庫 291
著：遊真一希　画：石井彰
原作：Miel
定価 本体730円+税

無様に！　下品に！　都合よく！
巨根崇拝！
孕ませオナホ学園♪

高貴な出自の男女が集まる学園に通う俺は、三人の学生会長である和奏、氷華、茜に生活態度を咎められ、退学の危機に瀕していた。そんなとき、少子化に悩む国家が方針として打ち出した、優秀な遺伝子を持つ者だけに贈られる『子作りチケット』の使用者と認定されることに。俺はチケットを使い、自慢の巨根と生殖能力で、会長たちに中出し絶頂による復讐を開始する!!

ぷちぱら文庫 297
著：亜衣まい　画：らくじん
原作：Miel
定価 本体730円+税

巨根に負ける最強のヤンキー

〜強くて純情な不良メスたちがデカマラ崇拝孕ませオナホ集団に♪〜

軟弱ヤローが、そこだけ…デカすぎるだろおぉ！

　学内を仕切る女ヤンキーの3トップ。総長の翔子を筆頭に、参謀の茉姫、特攻隊長ケイはいずれも超美人揃いだが、常に俺を見下す、別世界の存在だった。しかし、茉姫からサポ要因と見込まれた脱童貞のセックスで状況が一変する。俺の巨根に惚れ込み、すっかり従順になった茉姫やケイの仕掛けで、硬派な黒髪美女の翔子をもオナホ奴隷に堕とし、下克上ハーレムを楽しむことに！

姉妹レーベル　オトナ文庫既刊案内

お義父さんの子種で孕ませて！

オトナ文庫 54
著:JUN　画:了藤誠仁
原作:Blue Devil
定価 本体750円+税

これは…性のサポートですから——
浮気エッチじゃ…ないです…よ？

息子夫婦と同居することになった義之。ところが息子が連れてきたのは、かつて援助交際関係にあった少女、梓だった。彼女の過去を知る義之は、はじめは警戒するも、息子への愛を感じ、心を許していく。そんなある日、息子夫婦のセックスを見てしまい欲求不満になった彼のもとに梓が現れ、オナニーのサポートを申し出てきた。息子の嫁の口内で果てた義之は、妊娠を望む彼女の願いを受け、性交することになって……。

愛があれば恋人に催眠術をかけても問題ないよね?

催眠彼女でイチャラブSEXトレーニング!?

ぷちぱら文庫 238
著:JUN 画:ぎうにう
原作:Blue Devil
定価 本体690円+税

同じ図書委員である那月と清い交際を続けている彰人。念願の初エッチ……という場で、彼女に拒絶されてしまい、少し気まずい関係になっていた。そんなとき図書館の書庫で催眠術について書かれた古い書物を見つけた。恋人の本心が知りたい彰人は那月に催眠術をかけ、彼女が本当は強く迫って欲しいことを知る。強気で押し倒し、初エッチを達成してからも欲望は収まらず……。